生かされては 生きたくない
私の人生、まだ途中

張山國男

張山電氣株式会社　常盤支店前（令和２年１月 29 日）

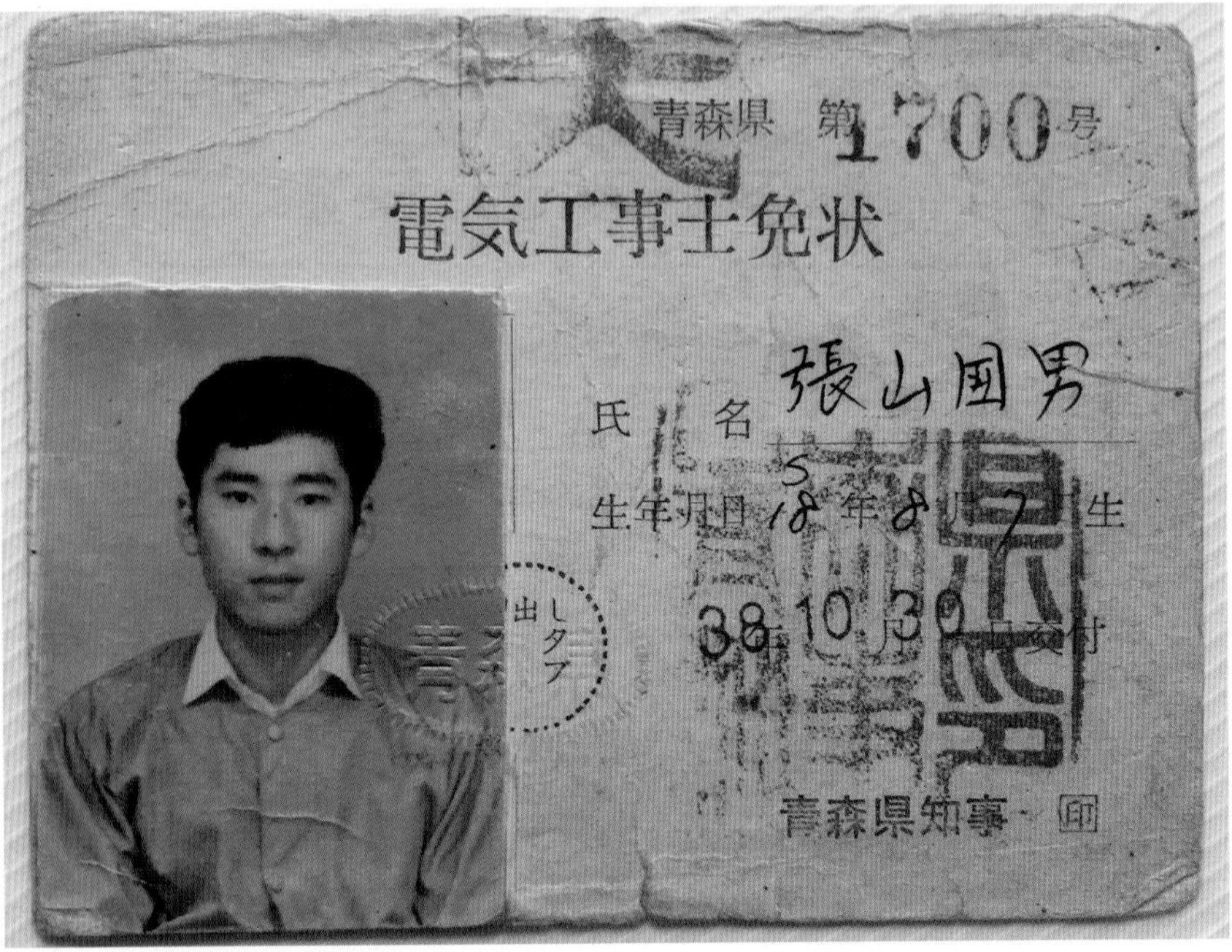

電気工事士免状（昭和 38 年 10 月 30 日　取得）

研究開発で特許を取得したカッターヘッド（右）と私

特　許　証
(CERTIFICATE OF PATENT)

特許第５３２２１１４号
(PATENT NUMBER)

発明の名称　(TITLE OF THE INVENTION)　カッターヘッド

特許権者　(PATENTEE)　青森県弘前市大字徳田町３０番地１
張山電氣株式会社

発明者　(INVENTOR)　張　山　國　男

カッターヘッドの特許証
（申請 平成 22 年 5 月 1 日　登録 平成 25 年 7 月 26 日）

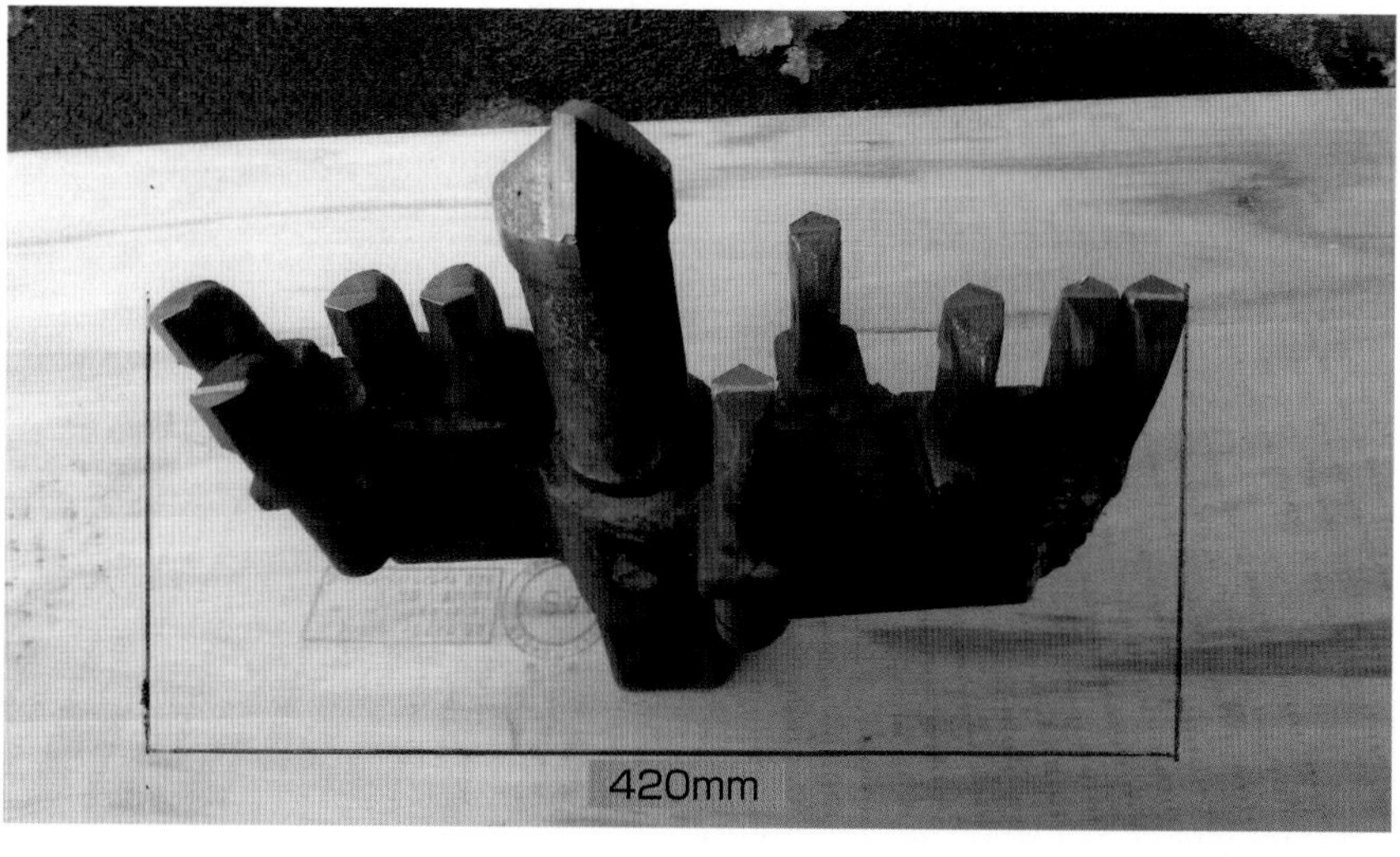

私が開発した最後の一品。このビットに 17 年間の集大成が詰まっている。小さいけれども頭脳の固まりである

岩盤特殊掘削工法（研究室前にて試し掘り）

コンクリートに穴を開けている様子

先端に取り付けてある
カッターヘッド

接地電極深打ち工法
(研究室前にて試し掘り)

接地電極深打ちのカッターヘッド（右のカッターヘッドで穴を開け、その後で左のカッターヘッドで電極線を埋め込む）

接地電極深打工法の開発で電気関係の最高賞である澁澤賞を受賞
（平成 24 年 11 月 3 日）

名誉の澁澤賞

公益法人発明協会より、平成 28 年度東北地方発明表彰を受ける
（平成 28 年 11 月 8 日）

表彰状を持って（左：張山國男）

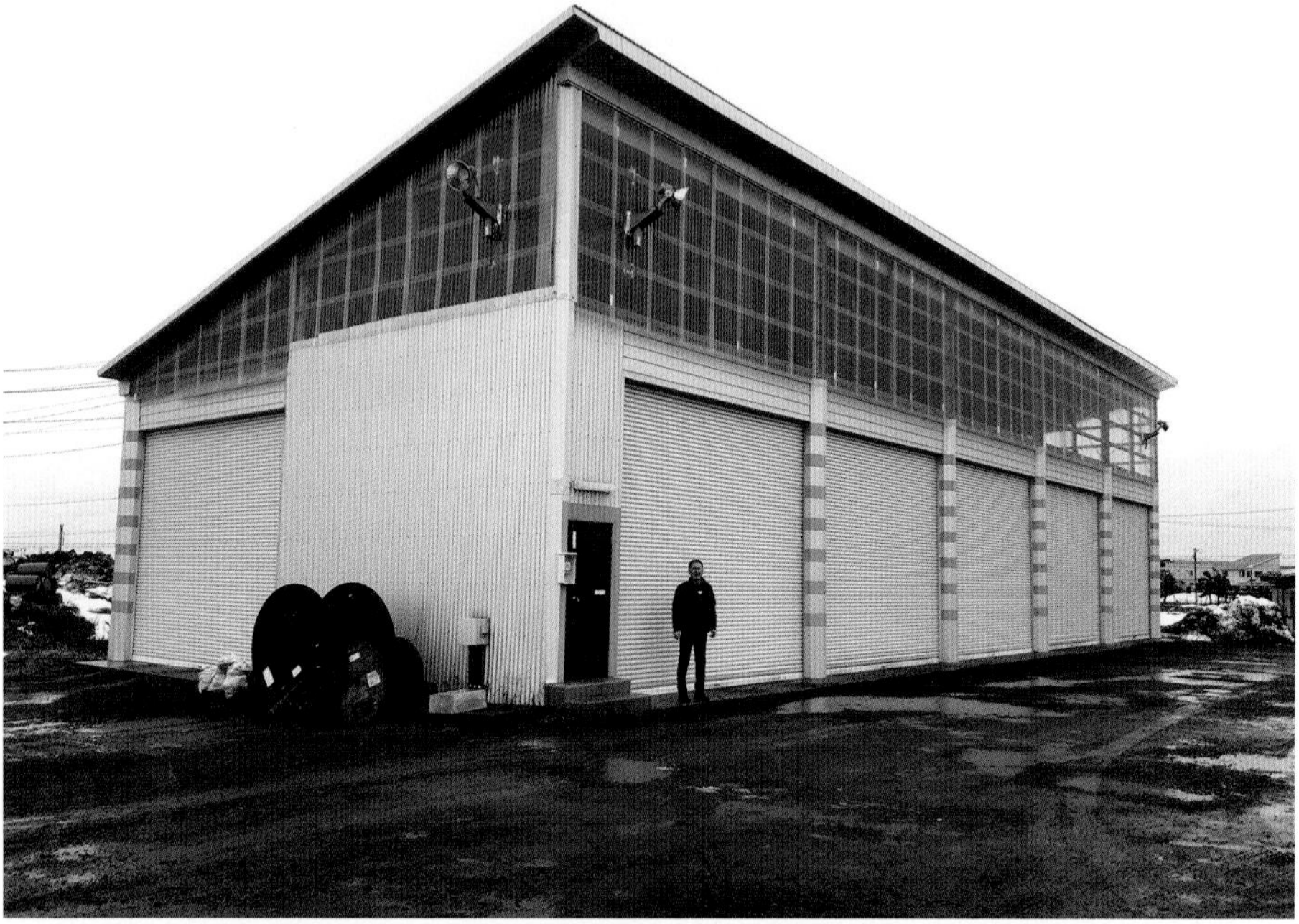

私が設計施工した張山電氣株式会社常盤支店にある倉庫

岩盤特殊掘削工法、接地電極深打ち工法で地中に穴を開けて行く際、先端のカッターヘッドが熱を持つので、それを水で冷却。その戻ってきた水を濾過し再利用する装置

掘削作業でカッターヘッドの接合部分や掘削棒のつなぎのネジが強く絞めつけられ人間の力では取り外せなくなる。それを油圧で緩める装置

掘削が終わったら冷却水の供給を止める装置

掘削機械の冷却装置
（冷却水を供給する水送マシン）

津軽のお山・岩木山と田園風景、白い雲が浮かんでいる残雪の岩木山

青森県鶴田町にある観光地「つるのまいはし」日本一の木造三連太鼓橋
（青森県産「ひば」を使用　幅3m、長さ300m）

福島県三春町の「滝桜」樹齢千年 国の天然記念物
(2013 年 4 月 22 日)

「つるのまいはし」にて（令和 2 年 6 月 4 日）
橋を挟んで富士見湖パークと丹頂鶴自然公園がある

「つるのまいはし」は自宅より
約 20 分の所にある

映画鑑賞、音楽鑑賞、
カラオケなどが楽しめる
自宅のシアタールーム

張山國男（現役時代）

生かされては　生きたくない

私の人生、　まだ途中

張山國男

はじめに

私の出身地は、青森県東津軽郡蟹田町《かにたまち》大字大平字山元一〇四。

現在の外ヶ浜町です。

生まれたのは、昭和十八（一九四三）年八月七日。

令和二（二〇二〇）年八月で、七十七歳。

張山電氣株式会社を創業した　張山國男です。

中学校を卒業して、すぐに電気工事関係の会社に勤めました。

子供時代の育ちから、仕事は怠けずに働くと誓っていたので、それを真面目に守り一生懸命に働いていました。

そんな時、会社から私に「独立しないか」との声がかかったのです。

家庭を持ち、子供を授かり、給与も上り、ようやく安定した生活ができるようになってきた頃です。

それまで私は、自分が経営者になるなど考えたことはありません。

また、私の前に何人もの人が独立して、失敗しているのを見ています。

独立すれば、私も同じ道を歩むかもしれない。

経営は、全責任を自分が負い、自分の人生を賭けることになる。

もし失敗すれば、そのしわ寄せは全部家族と実家にいき迷惑がかかる。

ただ仕事をしながら、もっと改善できるという思いはいっぱいありました。

「独立するか、しないか」、私は、大いに迷いました。

第一婦人は、私の独立に当然だと思いますが反対でした。

でも私は、「鯛《たい》の尾より鰯《いわし》の頭になれ」ということわざに習って、人生の一大転機と捉え、独立したのです。

それから四十三年が経ちました。


三年前には三・五婦人となる歌手・桂ゆりと結婚しました。

それを機会に私は、自宅にシアタールームを作りました。

私の趣味でもある音楽鑑賞や映画鑑賞ができるようにしたのです。

妻は自分の歌を練習し、またカラオケの指導も行っています。

また、二人でカラオケを楽しんだり、映画鑑賞をしたりして、今は、穏やかに暮らしています。私は人生の最後に花を掴《つか》むことができました。

それまでは、仕事をしてきて心休まることはなかったような気がします。

幸い創業した会社は、順調に成長してきました。

多くの人のお蔭と感謝しています。

一方で、仕事に集中した余り、いや私の素行が原因となり、二度の離婚、一度の結婚に至らなかった別れがありました。

その結果として、我が子との別れもありました。

このことは、今でも申し訳ない気持ちでいっぱいです。

人生は、後戻りして、やり直しはできません。

良くも悪くも、これが、実際に私が歩んできた道なのです。

自分が蒔いた種は、自分で刈り取るしかありません。

今は、会社経営を、会社の発展と成長を願って後継者に託しました。

そして私は、新たな目標に向かって生きています。

私の人生は、まだ途中です。

人生の最期《さいご》まで、元気で生活するために、自分で工夫した小体操（健康体操）を毎日やっています。

お陰で、体調も良く精神も充実しています。

その生き方を示した言葉が「生かされては、生きたくない」です。

寝たきりになり、人様のお世話で生きたくないのです。

これは、自分の人生を、自分自身で幸せにする生き方であり、周りの人達に、迷惑をかけない生き方です。

また、お年寄りが目指すべき生き方だと思っています。

さらにこの生き方は、年齢に関係なく重要なことだと思います。


子供時代、貧乏な家で育った私ですが、今となれば、それは有り難い環境でした。

「人間、追い詰められれば、自分次第でいくらでも頑張れる」

そしてまた、

「追い詰められなくても、自分が決めたことに一生懸命に頑張る」

私は、その大切な生き方を、子供時代に知ったのです。

自分の置かれた環境を、どう受け止めるか。

それをプラスに生かすことで、自分の人生に花を添えることができる。

そんな思いで綴《つづ》った私の人生、お読み頂けたら幸いです。

令和二（二〇二〇）年七月吉日

張山 國男

目次

―生かされては　生きたくない　私の人生、　まだ途中―

第五章　苦しみながら成果を上げた研究開発

第六章　永続を願って会社を後継者に託す

第七章　私の結婚、現在は三・五婦人と暮らす

第八章　お年寄りは元気で暮らすことが仕事

終　章　私の人生の分岐点で思うこと

おわりに

序章

―願いを込めて

子供時代に身に付けた生き方

自分の人生を、どう生きたらいいのだろうか。
私は、一つの決意を持って生きてきました。
その決意とは、子供時代に決めたことです。
私の家は、白いご飯は食べられないくらい貧乏でした。
兄弟姉妹は、姉二人、兄一人、私、そして妹二人です。
弟も生まれましたが、わずか一ヵ月で亡くなっています。
小学校の四年生の時から、私は部落のお金持ちの家に預けられました。
本当は、そのお金持ちの家は私をもらいたかったらしいのです。
しかし母は、それを断ってくれました。
そのお蔭で、私は小学六年生までその家にいて、実家に戻ることができました。
ところが三年経って戻ってきても、家の貧乏は変わっていませんでした。
それは、一家の大黒柱である父が、仕事をしなかったからです。
父は一人息子で、大事に、大事に育てられたようです。
父の母（私のおばあちゃん）が、父を猫可愛がりしていたのです。

可愛さ余って、おばあちゃんは、大事な後継ぎに何かあってはいけないと、優しく、優しく育ててきたのです。

父が結婚して、私達子供ができても、おばあちゃんは父に、あんまり仕事をさせなかったのです。

一家を支える立場にある父親が、仕事をしない。

私には、それがとても不思議で、納得できませんでした。

周りの家は、大黒柱である人が仕事をして、家族を支えていたからです。

貧乏であるか、ないかの違いは、子供心にもはっきりと分かりました。

私が、何より切なかったのは、そのしわ寄せが全部母にかかっていたことです。

母は、私達子供のために、必死で働いてくれました。

そうした子供時代の体験が、私の生き方を決めたのです。

それは、絶対に父親のような生き方をしないということです。

「自立して生きる」

「仕事は一生懸命にやり、大黒柱として責任を果たす」

その決意が、私の生き方になりました。

創業した会社の発展と継続を願う

中学校を卒業して仕事に就きました。

子供時代の決意を守って、とにかく一生懸命に働きました。

会社ではそれが、徐々に認められるようになりました。

何かあると、「張山、頼むぞ」と声がかかるまでになりました。

すると今度は、「張山、応援するから独立せよ」と言われたのです。

それで、男の決断として張山電気工業（現在の株式会社張山電氣。以下、張山電氣と記す）を立ち上げたわけです。

詳しくは本文に譲るとして、今では東北でそれなりに信用ある会社になりました。

東北電力と連名で、特許も取得できました。

もちろんそれは、多くの人の支えがあってのことです。

皆様のお蔭と、感謝の気持ちでいっぱいです。

今は後継者ができたことで、私は会社経営から身を引いています。

会社から離れていますが、創業した会社ですので、愛着があります。

社長を中心に、この会社がこの先もずっと継続することを願っています。

最期まで、元気で生き切る

会社の永続を願うと共に、現在、私が目指している目標があります。

私の誕生日は、昭和十八年八月七日（令和二年の誕生日で七十七歳）、いわゆる後期高齢者です。

日本人の平均寿命は年々延びていて、平成二十八年度で男性は八〇・九八歳です。

一方、同じ年度の男性の健康寿命は七二・一四歳です。

その差は、八・八四歳あります。

その差（約九年）は、健康でない期間ということです。

その期間は、介護や治療の医療費がかかっていることになります。

ちなみに、日本の医療費は平成三十（二〇一八）年度で約四十三兆円、そのうち七十五歳以上の人が占める割合は三八・五％、一六・四兆円です。

もし高齢者が、平均寿命と健康寿命の差を縮めることができたらどうでしょうか。

医療費削減に、大きく貢献することは間違いありません。

家族にとっては、介護で生じる経済的、時間的負担が軽減します。

高齢者が元気いることが、いかに大切であるかが分かります。

もうお分かりと思いますが、最期まで元気でいることです。

それを私は「生かされては、生きたくない」と表現しています。

その意味は、人様に面倒をみてもらって、命を長らえる生き方はしたくない、ということです。

これは、高齢者一人一人が果たすべき、大事な努めだと私は思っています。

その努めを実現するために、私が自分流の小体操（健康体操）を編み出しました。

そして、それを毎日、やっています。

巷《ちまた》でいう「ピン、ピン、コロリ」の実践です。

コロリというのは、最期まで元気で生きることです。

これを高齢者の一人一人が実践すれば、自分のためだけでなく、家族のためにもなり、大きな社会貢献にもなります。

ということで、これを現在の、私の人生目標としているわけです。

もし希望者がおられれば、喜んでお伝えします。

公民館などで、健康教室を開くことができれば幸いです。

幸せにいて欲しい

もう一つ、私の心の中にある願いを書かせてもらいます。
私は現在、第三・五婦人の妻と、穏やかに暮らしています。
三・五とは、三・五人目の婦人ということです。
少し説明します。
一人目は第一婦人。長男、長女の二人の子供を授かりました。
二人目は第二婦人。私との間には子供はいません。
しかし第二婦人には女の子がいて、その婿さんが、現在、張山電氣の社長です。
三人目は、籍を入れないお付き合いでしたので、〇・五婦人と呼んでいます。
そして四人目、現在の妻は、第三・五婦人となるわけです。
こういう話は、いわゆる三面記事に当たります。
世間では、勝手に面白おかしく話を展開します。
一般社会は、そういうものだと思っています。
でも離婚がどういう理由であれ、当の私は、それを経て今があるわけです。
その時、その時に判断して生きてきたわけです。

それは、これからも続きます。

続きますが、いつかは終わります。

そうなると、どうしても自分の命の繋がりが気になります。

その思いは、限りある自分の命が、未来に繋がって欲しいということです。

限りある命が、未来に繋がるとはどういうことか。

その答えは、
子供であり、
会社であり、
思想や考え方、生き方などにあるように思います。

思想や考え方、生き方とは、それらが人を介して社会に役立つことです。

健康体操を続けるのも、社会貢献に繋がるので、その一つに入ります。

会社の永続に関しては、前に書きました。

会社が社会に役立ち、社員やその家族を守り続ける企業であれば、私の思いが生きることになります。

さて、子供に対してです。

歳を重ねるたびに、私は思いが募ります。

我が子が、私（父親）に対してどんな思いをしているだろうか。

悪い思いを、抱いていないだろうか。

私が分からない、心の負担を感じさせてきたのではないだろうか。

そう考えると、申し訳ない気持ちでいっぱいになります。

婦人の問題も、子供の問題も、私が蒔いた種です。

そんなこと、「今さら何言ってる」と、叱られるかもしれません。

しかし私の思いは、まことに身勝手ですが、子供にも、それぞれの婦人にも、幸せにいて欲しい。その願いを持ち続けているということなのです。

今まで私は、それぞれの婦人に対して悲しい思いはさせましたが、苦しい思いはさせなかったと思っています。

悲しい思いとは別れです。別れによって、それぞれの婦人、子供達に大変悲しい思いをさせました。

苦しい思いとはお金です。それについては、今考えてもなかったように思います。

それなりに、それぞれの婦人には対応してきたつもりです。

しかし、お金では換えることのできない苦しみはあったと思います。大変申し訳なかったと思っています。

第一章　生い立ち 母への思い

出身地は日本最古の土器が出土した蟹田町大字大平

私が生まれたのは、青森県津軽半島の北東部に位置する蟹田町《かにたまち》。平成十七（二〇〇五）年三月、平舘村《たいらだてむら》と三厩村《みんまやむら》と合併した現在の外ヶ浜町です。

集落は五十〜六十軒ぐらいの本当に小さな田舎町でした。

そんな田舎に、約一五、〇〇〇年前の日本最古の土器が出土し、平成二十五（二〇一三）年には、史跡指定されました。

「北海道・北東北の縄文遺跡群」として世界遺産登録をめざしているそうです。旧石器から縄文時代への移行期の環境や文化様相を知る上で、重要な遺跡だということです。

私は子供の頃、何も分からずその石器で遊んだことが記憶にあります。

大人も、そんなに貴重なものがあることなど知らなかったと思います。

それだけ古くから人が生活していることから考えると、蟹田町という土地は、生活するのにとても恵まれていたと言えます。

今は本当に田舎町ですが、私は故郷に愛着を持っています。

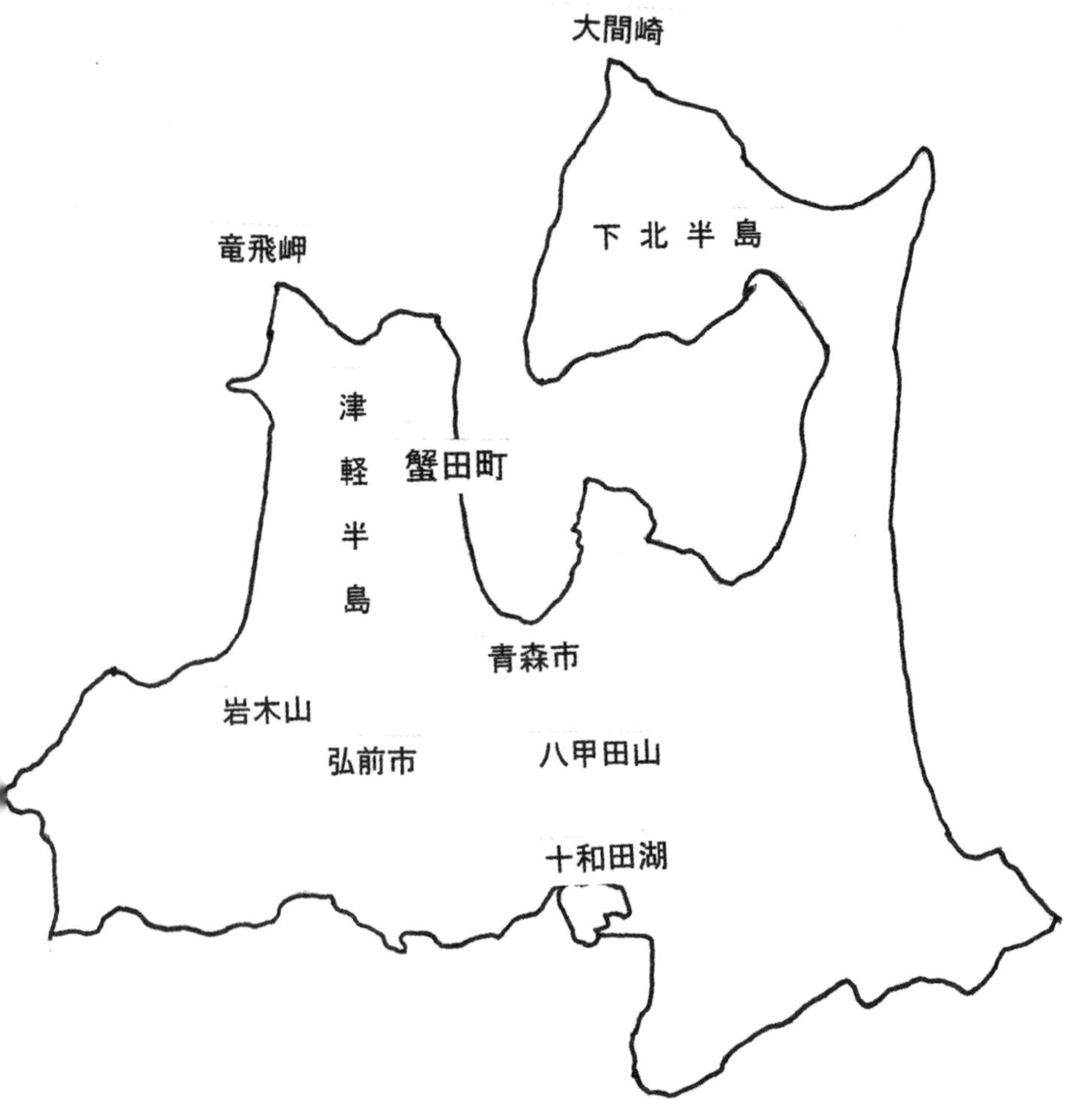

出身地の「蟹田町」は、青森県津軽半島の北東に位置している

収入を得るため木炭づくりで山小屋生活

私が生まれた家は、農家ですが田んぼが少ない小農家でした。

家族全員が、一年を通して食べるだけの米の収穫がありません。

食べていくには、別の仕事で収入を上げなければなりませんでした。

それで私の家は、山で木炭を作る仕事をしていました。

祖父と父と母と私が、山小屋に泊まりこんで仕事をするのです。

私が五歳ぐらいだったと思います。

大きな木を倒して、小さく割って、炭焼窯に入れます。

炭焼窯は、人が自由に入って作業ができる粘土で作った大きな窯です。

小さくした木材を、蒸し焼きにするのです。

それが木炭です。

その炭焼きの山小屋で、母は私を自分のそばに置いて育ててくれました。

私は小学校に入るまで、山小屋で生活をしたようなものなのです。

私が生まれた蟹田町大平の集落で暮らす田んぼの少ない家庭は、木炭作りとか別の方法で収入を上げて生活をしていました。

山小屋の明かり取りは、電気ではなくランプでした。

小学校に入学するまでは、母の指導で毎日勉強をしました。ひらがなの練習と、あいうえお順を五回、数字の一から十までの数字の練習を十回、これを毎日やらされました。

これが終われば、自由です。

皆のいる山へ登って遊んでいました。

お昼が楽しみでした。そんなに良い食べ物ではなかったけれども、なぜかおいしく食べた記憶があります。

近くの山にも、同じように仕事をしている、よその家の人がいます。

昼近くになると、誰かがその人達に昼の時間だということを知らせる役割がありました。

倒した木を十二回叩いて知らせるのですが、それがお昼のご飯を食べる合図でした。

当時は、誰も時計を持っていなかったからです。

私も木を叩くことを手伝ったのですが、木を叩くと、山びこのように響きました。

今になれば、良い想い出になっています。

ですが、山で働く人にしてみれば、大変な苦労だったと思います。

こんなことがありました。

父も最初は山にいるのですが、自分勝手に用事を作って、山を下って行くのです。

そのため作業は、祖父と母の二人でしていたようなものでした。

祖父と母が頑張ったから、今の張山家があるようなものです。

大黒柱である父が働かないのは、家族にとって致命的です。そんな父を祖母は許していました。

祖母は、私の母にも、他人に対しても、集落で一番ぐらい厳しい人で、特に母に対しては鬼みたいな厳しい言葉でものを言う人でした。

それなのに、自分の子供である私の父に対しては、その厳しさはなかったのです。

昔から、一人息子は駄目になると言われてきました。

大切に育てることが、甘やかしになるからだと思います。

我が家は、それの見本みたいな家族でした。

これが、私の小学校へ入学するまでの出来事です。

そして、小学校に入学しました。

授業が始まって、母から指導を受けた勉強が役立ちました。

今でも良かったと思っています。

弟の死

私の家は小農家で、私は次男です。

姉二人、兄一人、私、そして妹二人です。

私が六歳の時に弟（三男）が生まれたのですが、一ヵ月で亡くなりました。

父親と姉が、死亡届を役場に提出するために、片道十㎞（二里半）の道のりを歩いて行ったそうです。

今から七十年前のことで、車もバスもなく、汽車もありませんでした。

家から、当時の役場までは歩いて八時間～九時間かかるようです。

役場が開いている時間に到着しないと、届け出ができない。

夜中の二時頃、死亡した子供を姉がおんぶして、父親と二人で役場に向かったそうです。母は二人が出発するまで一人で死んだ我が子のそばにいて、身支度をして我が子を送り出したそうです。

今みたいに舗装《ほそう》道路ではなかったので、歩きにくい。

姉は、背中にいる自分の弟が、目を覚ますかもしれない。いや、目覚めて欲しい。そう願って、役場に到着するまで、何回となくゆすってみたそうです。

しかし、目が覚めることはなかった。

役場まで十時間もかけてようやく到着したのに、手続きはわずか十五分ぐらいで終わり、すぐ帰路についたそうです。

また歩いて、十時間の道のりを帰らなければならない。

その姉の足どりは、非常に重たかったそうです。なぜなら、到着すれば自分の弟が墓場ですぐに火葬されてしまうことが分かっていたからです。

「自分の弟が火葬されてしまう」、それが悲しかったのです。

役所に死亡届を提出するために家を出た時には、すでに集落では手伝いの方々が集まり、火葬の準備をしていたのです。

村八分という言葉があります。現代は「仲間外れ」との解釈が主流ですが、残りの二部、すなわち火事と葬儀だけは近所で協力し合っていました。

昔は、村の人達が手伝って、大人でも子供でも全部墓場で火葬していたわけです。なので、自分が家に早く到着すれば、それだけ弟は早く火葬されてしまう。

それを考えると、姉の歩きは自然とゆっくりとなるわけです。

それを父親が気付き、「急げ」と言ったそうです。

それでも姉は、なんとか弟の火葬を避けたい。

そのためには、弟に目覚めて欲しい。

姉は家に着くまで、役所に向かってきた時と同じように、何度となく背中の弟をゆすったそうです。

しかし弟は、目を開けることはなかった。

とうとう、弟の死を認めざるを得なかった。

そして、家に到着。

すぐに火葬の準備に入ったそうです。

その時、姉は十四歳。

今まで生きてきて、これぐらい悲しい思いをしたことがなかったそうです。

泣きながら、私に話してくれました。

お金持ちの家に私はもらわれた

私は小学生の時に、三年間の丁稚奉公《でっちぼうこう》をしています。

丁稚奉公と言えば、修行に出された感じですが、実際は口減らしです。

小学校三年生までは実家にいた記憶があります。

ある日、集落のお金持ちの家から「私をもらいたい」という話が母にあったそうです。

お金持ちの家は、田んぼがたくさんあり、庄屋みたいな農家です。母はその話を受けて、「犬や猫みたいに簡単にくれるわけにはいかない。とりあえず、小学校六年生まで」ということで先方に話をしたようです。

その話を母から聞いて、私も了解しました。

なぜかと言えば、家の苦しい状態を子供の私でも分かっていたからです。子供が多いために、自分達の口に入る食べ物があまりない。

私一人でも減れば、それだけ助かるわけです。

我が家は、この時すでに最大の貧乏生活がすでに始まっていたのです。米は食べたとしても外国米、何のネバリもない、ボロボロ。だから普段は、麦飯を食べていました。

それでも、子供が多いために足りないのです。

それで、ジャガイモやカボチャで空腹をしのいでいました。

ですから、小さい頃はまともに白いご飯を食べたことがなかった気がします。

ただ年に一回、秋の収穫の時だけ真白いご飯を食べることができました。母が、収穫したばかりのお米を炊いてくれるからです。

何もおかずがなくても、味噌だけでも美味しく食べたことが記憶にあります。

丁稚先では白いご飯を食べられた

その点、もらわれた家では、毎日白いご飯を食べられ、おかずもありました。

食べ物は、何でもいっぱいありました。

丁稚奉公と言っても、実際はもらわれていったようなものです。

そこのおじちゃん、おばちゃんは、自分達の子供以上に私を可愛がり育ててくれました。おばあちゃんに、「あれが食べたい」と言うと、何でも作ってくれました。

ですから、そんなに苦労した覚えはありません。

と言って、只で飯を食べていた訳ではありません。

小学校は、そこの家の二軒隣りでした。

学校が終わってから遊んでいても、すぐに帰れる距離です。

しかし、遊んでいる訳にはいきません。ちょっとでも帰りが遅くなると、その家の長男が迎えにくるのです。

そして、すぐに農家の手伝いをしなければなりません。

たくさん田んぼのある大農家でしたので、何人、人がいても足りません。私も、大事な働き手の一人だったのです。

農作業で一番苦しかったのは、秋の収穫時でした。

収穫した稲を乾かし、乾いた稲を日中に倉庫一杯に運んでおきます。

それを夜なべで、三時間から四時間かけて脱穀作業をするのです。

今のようにボタン一つで動く機械ではありません。足踏みの機械でした。

その時の私は、稲わらを台の上に乗せる係です。

学校が終わってから、夜十一時までの夜間作業です。

途中で、眠気がきます。

隠れて眠ったりもしましたが、すぐに見つかってしまいます。

そんな私に、丁稚先の長男が「これを塗れば良い」と言って、私の目の周りに何かを塗りました。

「これなんですか」と聞いたら、「メンタム」だと言う。

目がスースーして、眠気が取れるのはいいのですが、そこまでして夜間作業の手伝いをしていたということです。

子供の私にとっては、かなり厳しかったです。

他にも、藁《わら》編《あ》みや米俵作り、籾《もみ》摺《す》りなど、いろいろやりました。

こうして小学校六年生を終わって、家へ帰ることになりました。

丁稚奉公先の、おじちゃん、おばちゃんには大変良くして頂き感謝しています。

貧乏の原因は父にあった

私は三年間の丁稚奉公《でっちぼうこう》を終えて、実家に帰ってきました。
しかし実家は、まだ貧乏から抜け出ていませんでした。
姉二人、兄一人が働いているのに、それでも貧乏から抜け出ていない。
その原因は父にありました。
小学校に入る前、山で私が見た父の働きは変わっていませんでした。
父は、体が弱いわけでもないのに働かない。
一家の大黒柱が働かないことは、妻やその子供に不憫《ふびん》を与えます。
どこの家庭でも大黒柱が働いていて、その家は幸せな生活を送っている。
それを子供心に見てきました。
父は一人息子で、多少頭が良かったようです。
しかし働かない。
なぜそんなことができたのか。
おばあちゃん（父の母）が、息子に対して甘かったからです。
昔、長男は家の後継ぎとして非常に大切にされました。

その大事な息子に、もしものことがあってはならない。

息子が怪我をしないために……

病気にならないために……

そのためには、仕事もしなくていい……

可愛さ余って、おばあちゃんは、父をそのように育ててしまったのです。

だからおばあちゃんは、父に甘く、優しかった。

しかし、よその人にはものすごく厳しかった。

私の母には、特に厳しく、大変な目に遭《あ》っていました。

でもおじいちゃんはよく働き優しい人で、母にも優しくしてくれました。

優しい人には長生きしてもらいたいと思いますが、世の中そうはならないようです。

祖父は七十五歳で亡くなり、祖母は九十八歳まで長生きしました。

父は、我が家の大黒柱です。いくら親が甘く育てたからと言って、親の自覚があれば仕事はするはずです。しかし父は、そうはならなかった。

やはり子供の時の育ちは、大人になっても変わらないということでしょうか。

父は私にとって、駄目な一人息子の見本みたいなものでした。

子供ながら、父の姿を見てきました。

「大きくなっても、父みたいにはなりたくない」と心に決めました。それが、私の生き方になっているわけです。

中学生時代の苦い思い出

中学一年の時、母より「お金がないから高校への進学は無理」と言われました。私もその状況が分かっていたので、「分かった」と母に返事しました。

中学校での苦《にが》い思い出があります。

冬になると、教室では暖を取るために薪《まき》ストーブを使っていました。そのストーブの周りに、生徒全員が自分の弁当を置くのが習慣でした。昼に、少しでも温かいご飯を食べようというわけです。

しかし私は、置きたくなかったので、置きませんでした。

すると皆が、私にも置いたらと言うので、仕方なく置くことにしました。

置きたくなかったのには、私なりの理由があったからです。

私の家は、米と言えば常に外米で麦が混ざっていました。冷めれば、ボロボロ。それに麦は、女の何かに似ているようで嫌でした。

しかも弁当に、麦や外米を持って来る人は誰もいなかったのです。

それにおかずは大根の漬け物と塩辛いタラで、いつも二種類より入っていません。

それでも私の家としては、良いほうだと思っています。
その弁当がストーブで温められてくると、大根の漬け物のにおいがしてきます。
すると授業中に、「くさい」と大きな声で言う奴がいるのです。
私にも、そのにおいが届いています。
それは、私の弁当だと思って、気が気でなかった。
結局、私はその弁当を持って誰もいない所で食べたりしたこともありました。
食べないと、お腹がすくからです。
また、食べなければ、せっかく作ってくれた母に申し訳ない。
母を苦しめたくなかったのです。

もう一つ、冬の苦い思い出があります。
中学校は、私の家から歩いて約一時間の所にありました。
私達の小さい頃は、なぜか雪が多かった気がします。
当然、外は寒いです。
それで母は、よその人からもらったコートを私に着せるようになりました。
しかしそのコートは、継ぎ接ぎだらけだったのです。
着れば暖かいのは分かりますが、学校の中では着られなかった。

必ずバカにする生徒がいたからです。
それで、学校を出てから着るようにしていました。
その繰り返しでしたが、無事に卒業することができました。
こうした苦い思いは、大黒柱の父親が働かないからだ。
中学生の時も、そう思うようになりました。
こんな父親にはなりたくない、と思って就職しました。
とにかく真面目に働く。
働けば何とかなる。
それだけ考えて、働き続けました。
よく母が私に言っていました。
「稼ぐに追いつく貧乏なし。だから真面目に稼ぎなさい」と。
母の言葉を信じて働きました。

学校の先生になりたかった母

自分の息子以外には、厳しかったおばあちゃん。
それとは反対に、本当に優しかったおじいちゃん。

私の母は、おじいちゃんがいたから我慢《がまん》したのだと思います。

本当は、うちなんかに嫁に来る人でなかった。

漁師《りょうし》の娘で、頭がよくて学校の先生になろうとしていたようです。

ところが、今でいういじめに遭って、学校に行けなくなった。

いじめは、今だけではなく、昔からあったようです。

勉強ができる子がいれば、できない子もいる。この事実は、いつだって変わらずにあります。また特別に勉強しなくても、頭のいい人はいたものです。

しかし、勉強ができない子にとっては、それが面白くない。なんとか、勉強ができる子の邪魔をしたい。

いじめる側は、自分たちの思いをぶつけるだけで、相手がどう思うかは考えない。

それに母は耐えきれず、勉強が手につかず、学校の先生になるのを断念せざるを得なかった。


その後しばらく経って、母と父の縁ができた。

青森市内で開かれた何かの会合で、たまたま母の兄貴と父が会ったようです。そして母の兄貴が、自分に妹がいることを父に話をしたのだと思います。

それが縁で、お互いの行き来が始まったようです。

最後は恋愛なのか、見合いなのか分かりませんが、母はうちへ嫁に来たわけです。

来てみたら、おばあちゃんは何も働かない。

おじいちゃんが働いている。

自分の夫（私の父）は、働かない。

結局、おじいちゃんと母親が働いて、生計を立てるようになったわけです。

最初、子供がいない時や、少なかった時にはまだ良かった。

しかし子供が三人、四人と増えていくと、だんだんと生活が苦しくなっていった。

そして、おじいちゃんは歳をとって、働けなくなっていく。

けれど父は、相変わらず働かない。

結果的にそれから貧乏生活が始まるわけです。

大黒柱が働かないというのは、本当に家族を不幸にしてしまいます。嫌というほどそれを味わってきました。

でも私は、それによって働くことの大切さを、身をもって知りました。

そのお蔭で、仕事を頑張ることができたのです。

もし私が、父親のように働かなかったら、今の自分はいません。

結局これも、自分の人生は自分で決めているということだと思います。

厳しさに耐えた心優しかった母

農家は基本的に、長男が家督《かとく》を相続し代々引き継いでいます。そうでなければ、農家を守ることができないからです。

次男坊や三男坊は、どうなるか言えば、分家となります。

分家の時には、いくらか田んぼ（土地）をもらい、家を建ててもらいます。あとは、ちゃんと働いて新しい家を守れ、ということです。

その第一の働き手となるのは、我が家で言えば父になります。

その父が働かない。

最悪です。

働くべき人が働かなければ、貧乏《びんぼう》になって当然です。

でも誰かが働かなければ、家族は食べていくことができない。

結局その付けは、母にいきました。

当時、田んぼは全部手で起こします。

それをやるのは全部母親です。

父は、何も手をかけませんから、本当に母は苦労しました。

そんな母に、少しでも力になりたいと、ずっと思っていました。

商売をやり始めて、お陰様でそれなりに力もついてきました。

お盆と正月、母が亡くなるまで二十万円ずつ送り続けました。

ところが母は、それを自分のために使わなかった。

全部、張山家の生活費になっていたようです。

どこまでも、心優しい母でした。

私としては、少しは親孝行できたかなと思っています。

やがて父が亡くなり、厳しいおばあちゃんも亡くなりました。

私は、やれやれと思いました。

ところが、それから何年もたたないうちに、母は転んで入院してしまったのです。

私の実家は、兄貴が守っていたのですが、その兄貴は六十三歳で亡くなっています。

ですから、実家は兄貴の嫁さんと息子と息子の嫁さんしかいません。

私と血の繋がる人が、いなくなっていたわけです。必然的に、母の世話や病院のお金などは、私が全部見るようになりました。

そして病院から、何かあると私に電話がかかってくるのです。

母の葬式と納骨で最後の親孝行

たまたま土曜日に、病院の先生から電話で連絡があり病院に行きました。
母は、酸素吸入をやっていて、命は風前の灯火《ともしび》状態でした。
先生は、延命治療として胃に穴を開ける胃《い》ろうを勧めてきました。
自分の口から食べることができないので、それしかないというわけです。
「先生、ちょっと待ってください。
胃ろうをやれば、ちゃんとして話ができますか。
二年か三年ぐらいは、生きることはできますか」
と聞いたら、「そうとも限らない」ということでした。
それであれば、延命《えんめい》治療はやらなくてもいいと、胃ろうを断《ことわ》りました。
子供としては、少しでも親に長生きして欲しい。
その思いは、当然、私にもありました。
なので、断る時は、やはり勇気が必要でした。
元気になって、長生きできるのであれば……しかし、そうではないということでした。

私としては、断わるしかなったのです。

先生は私の思いを受け止めてくださり、「分かりました」と言ってくださいました。

私は、「よろしくお願いします」と言って病院を出たのですが、わずか二十分ぐらいだったと思います。すぐに病院から「亡くなりました」と電話があったのです。

すぐに、病院に戻ったのですが、私が、延命治療を断ったことで、母の死が早まったかもしれません。

母は、八十歳でした。

蟹田《かにた》町の実家に行って、母が亡くなったことを伝えました。

ところが、実家の兄貴は亡くなっています。

兄貴の嫁さんと息子は、結局、葬式を出せないということになりました。

父が亡くなり、兄が亡くなり、母が亡くなりました。

弟は一歳の時に亡くなり、その子をおんぶして役場まで行った姉（長女）は、老人ホームに入っています。

面会に行っても、私が誰だかわからない。延命治療をして、生きているだけの状態になっています。

兄弟がそんな状況なので、結局私が全部やらなければならなくなりました。

それも、私に課せられた役割なのでしょう。

それで私は、最後の親孝行と思って、外ヶ浜町から約一時間三〇分かけて、母を霊柩車《れいきゅうしゃ》で弘前まで連れてきました。

弘前で葬式を無事に終え、お骨は私が一旦預かりました。

その後、納骨は実家で何人か集ってやりました。

母の最期に関わることができて、本当に良かったと思っています。

第二章　一生懸命に仕事を頑張った

中学校を卒業後、電気工事の会社に入る

前述のように、私は父の姿を子供心に見てきました。

大きくなっても、父みたいにはなりたくない。

そう、心に決めていました。

中学一年生になって、母より「お金がないから高校は無理」と言われていました。

家の経済状態を考えたら、進学はできません。

中学校二年の時、東北電力関係の仕事をしている会社から、中学校を卒業したら、うちに来ないかと誘いがありました。

仕事ができることは、私にとって有り難い話です。

卒業して、すぐにその会社に就職しました。

農家の手伝いはしていましたが、電気工事関係は初めてです。

当然、最初は何も分かりません。

しかしそれは、私だけの話ではなく誰もが同じです。

私は、仕事に就いたら一生懸命に働くと決めていたので、真面目《まじめ》に働きました。

真面目に一生懸命に働くと、仕事は早く覚えられます。

覚えてくると、会社から信用されるようになりました。

もし私が、最初に怠けて仕事をしていたら、そうはならなかったと思います。最初に頑張ったことで、それが当たり前になり、頑張って仕事をすることが自然と身に付いたと思うからです。

お陰様で、十七、十八歳の時には、一人前になれたと思っています。

「こいつは、将来見込みがある」と、思われたかどうかは分かりませんが、新しい職場への誘いがありました。

それも有り難い話なので、三年間勤めた十八歳の春に新しい職場に移りました。

東北電気工事株式会社です。

東北電気工事株式会社は、平成三（一九九一）年に商号を変更して、株式会社ユアテックになりました（以後はユアテックと記します）。

東北電力の第一の下請けという位置付けで、工事部門の子会社です。

電気は、工場でも一般家庭でも、なくてはならない重要なインフラです。

仕事は、いくらでもありました。

重宝な張山として会社から大事にされた

新しい職場でも、私は仕事を頑張りました。

そのお蔭で、何があっても張山と呼ばれるようになりました。

私が会社にいると、「おう、張山」と声がかかります。

それは出張要請だったり、急な現場への要請であったりするわけです。

独身だったので、身も軽かったこともあります。

災害とか水害とかあれば、私は即応援に行ったりしました。

何かあれば、私がトップで派遣されるのです。

とにかく、「重宝な張山」として、会社から大事にされました。

例えば、新潟の地震の時もそうです。

すぐに派遣され、復旧のために二年間転勤していました。

新潟は電車も動かなくなり、新しい橋が落ちたりしていました。

一番古い萬代橋《ばんだいばし》は無事でした。

火災も起きて、貯蔵されていた石油にも引火して、空が真っ黒になった写真が地元の新聞に載っていました。

また新潟は砂地のところが多く、地震で液状化現象が起こっていました。一階が地下に埋まり、二階から出入りする状況も見かけました。

新潟と言えば、信濃川が有名です。その信濃川の川淵に、新潟交通のバスガイドの寮があり、私達の寮もすぐそばにありました。

その時、たまたま新潟のバスガイドと仲良くなりました。

ガイドに行った先から、時々絵葉書が送られてきていました。

群馬に行った時の絵葉書だったと思います。

「また来たな」と思って、絵だけを見て反対面は見ていなかった。

しばらく経って、絵葉書に文章が書いてあるのに気づいたのです。

なんと「今度いつ帰るから白山神社のお猿さんの前で」とあった。

もう遅い。私は、その知らせをすっぽかしたわけです。

若い時なので……と言っても悪いことをしてしまった。

彼女は猿の前で、何時間も待っていたらしい。

その後は、連絡がこなくなりました。

猿より間抜けな私でした。

実は昨年（令和元年）十月に、新潟を三・五婦人と二人で尋ねました。

新潟に行って、白山神社の猿が懐かしくなり、あいにいきました。

猿はいませんでした。

藤崎町の自宅に戻ってきてから、白山神社に電話をかけて、

「五十数年前、猿の檻がありました。先日、猿を見に行ったんですけれども、いませんでした。猿は今、いないんですか」

と聞いてみた。

「六月で全部死んでしまいました」

ということでした。

真面目に仕事をしていたことが独立の道に

ユアテックに勤めて十七年、私に独立の話がありました。

第一婦人との間で授かった子供が、まだ小さかった時です。

ようやく私の給料で、生活ができるようになってきた頃です。

ユアテックには、各地域に協力会社がありました。

浪岡《なみおか》地域にも、その会社が何回かつくられました。

しかし、それがみんな倒産してしまう。

それを私は、見ていました。

経営者になって分かったことですが、それは、社長に経営能力がなかったからだと思っています。

それはさておき、ユアテックとしては、浪岡地区、現在の青森市になんとか協力会社が欲しい。

そこで、目をつけられたのが私でした。

日頃の私の仕事ぶりから、こいつは見込みがありそうだ。

と思ってくれたのでしょう。

会社の方から、「会社を退職して電気工事の仕事をやってくれないか」と声がかかったわけです。

しかし私にとっては、青天《せいてん》の霹靂《へきれき》でした。

なぜなら、私が経営者になるなど、考えてもいなかったからです。

しかも、ようやく家族との生活が安定してきた時です。

わざわざ会社を辞めて、安定してきた生活を捨てることなど思いもつきません。

さらには、独立して潰れていった会社を幾つも見ています。

私にとって大事なのは、大黒柱として一生懸命に仕事をすること。

だからこそ、頑張って仕事をしてきたのです。

結果としてそれが、独立に繋《つな》がったことになります。

人生の不思議さを感じます。

とかく仕事というと、人はサボりたくなるものです。

それが、普通なのかもしれません。

しかし私には、父親のようには、決してならない。

仕事は頑張ってやる。

子供の時に決意したことを守って、真面目に働いたのです。

あたかも、私に独立の声がかかったのは、「おてんとうさまが見ている」ということなのかもしれません。

第三章　会社から勧められて独立する

会社と先輩の強い勧めがあり三十四歳で独立

とは言え、独立となれば、立ち上げるためのお金が必要です。

その手配をしなければならない。

ようやく自分の給料で、生活ができるようになってきたばかりで、自分にはそれを捻出する余裕はありません。

子供は、長男七歳、長女六歳、生活の安定だけを考えれば、無理に独立などする必要はないわけです。

美容院をやっていた家内（第一婦人）は、独立に反対でした。

しかし私は、男として事業をやってみたい。

そんな気持ちが、強くなっていきました。

同じ仕事をするにしても、質を高めていきたい。

自分なりに、改善したいところもある。

自分のペースで仕事をやれば、もっと実績を上げられる。

そんな思いも、抱いていたのは事実です。

独立に関して有り難かったのは、先輩達の応援でした。実は、先輩達が独立の仕掛け人だったのです。

私にとって、それは大きな励ましになりました。

会社の方も、全面バックアップすると約束してくれました。

問題は、会社を立ち上げるための資金です。

そこで頼ったのは実家でした。

とは言え、実家はお金を出してくれる余裕はありません。

また銀行は、簡単に貸してくれるはずがありません。

蟹田町にある実家の屋敷や田んぼなど、全て抵当《ていとう》に入れなければ駄目でした。銀行は、そうでもしなければ貸さないという状態だったのです。

もし私が失敗すれば、実家の屋敷や田んぼは、全部失うことになります。

決して、そのようなことはしない。

男、張山國男、三十四歳。

人生最大の勝負を賭《か》けて、浪岡で事業を立ち上げました。

それが、張山電気工業です。

時は、昭和五十二（一九七七）年二月一日。

この日は、特別雪が多い年でした。

その仕掛人は、八戸に一人、青森に二人いました。

・八戸の方は、佐々木宏三様です。
銀行に融資をお願いするにあたり、ユアテックがどのぐらい仕事を発注してくれるのか。それが分かる書類を全て作成して頂きました。

ユアテックから受注している、一ヵ月の仕事の受注量はどのぐらいか。

また年間の受注量はどのぐらいかをまとめてもらっていたのです。
・青森の方は、川田順一様でした。
仕事の手配やアドバイス、それら全ての面倒をみて頂きました。
・また青森の大先輩、板橋政三郎様には、いろいろとアドバイスを頂いたり、仕事の面倒を見て頂きました。六年前に亡くなられ、残念でなりません。
この人達のお力添えがあったからこそ、今の自分があります。

そのご恩は、決して忘れません。

本当に、お世話になりました。

他、周りの皆さんにも多大なお世話を頂いております。

この場をお借りして、厚くお礼を申し上げます。

それが全てです。

ありがとうございます。

創業から半年、大家から立ち退きを迫られた

昭和五十二年二月一日開業。東北電力株式会社の仕事で、浪岡地区を担当することになりました。

事務所は、米屋の倉庫を借りました。また、約一五〇坪の空地があったので、そこも借りて資材倉庫を建てました。

お金は銀行より借りましたが、資材倉庫分、運転資金、車の購入資金、その他、もろもろにあてて、何も余分はありませんでした。

仕事をしてお金が入るのは、一ヵ月後です。

最初は、そんなに順調に行く訳もありません。

大変な日々を送っていました。

第一婦人の独立反対に対しては、生活費は必ず決めた日付に渡すと約束し、必ずその日に渡していました。

一ヵ月が過ぎ、二ヵ月が過ぎ、六ヵ月が過ぎた頃です。

やれやれと思っているところへ、米屋の大家さんから、突然立ち退きの話がありました。

「貸すことができなくなったので、出ていってくれ」と言うのです。

私は、余りにも急で、余りにも理不尽《りふじん》な話なのでビックリしました。

やっとの思いで仕事を始めたのに!!　しかも、銀行より借りられるだけ借りていたので、頭をかかえてしまいました。

と言って、出ない訳にはいきません。

しかし出て行くにも、新しく事務所を構えるにしても、お金が必要です。

再度、銀行に行って交渉するしかありません。

また、どこに引っ越すか。その場所も決めなければなりません。

さらに、借りる場所が見つかり、倉庫を建てたとしても、また急に出て行ってくれ、と言われかねない。

ならば、どこかの土地を買って建物を建てようと考えました。

そして土地を探していたら、丁度良い場所が見つかったのです。

しかし問題は、その資金です。

私の実家の田んぼや畑、家は全部銀行の担保に入れています。

無理かと思って、銀行に相談しに行きました。

相当、厳しく言われると思っていたのですが、すんなりOKが出たのです。

これには、私の方が驚きました。

その大きな理由は、仕事が順調だったからです。

ユアテックから仕事の受注が入っており、それで銀行から信頼されて、融資の大きなバックアップになったのです。

間違いなく、返済の予定が立てられたわけです。

仕事があるというのは、それが信用になることが良く分かりました。

コメ倉庫からの撤退理由

何で米屋の倉庫から立ち退きさせられたのか。

その理由が、後で分かりました。

そこは、コメ倉庫として何千俵も入る倉庫でした。

その土地の地目は、農地でした。

農家である大家が、そこにコメ倉庫として特別に許可を得て建ててあったのです。

農地のままだと税金が安い。

事務所として貸し出せば、賃代が入る。

大家にしてみれば、いいことづくめであったのです。

しかし、そこは農地、特別許可を得て建てたコメ倉庫で、その目的以外には使ってはいけない。

それを、事務所として貸し出している。

空き地には、資材置き場の倉庫を建てている。

大家は、違反と知りながら、私に貸していたと思います。

そのことが役場に分かり、大家に貸し出しすることを認めなかった。

それで、私が出なければならなくなったということです。

なんで、そういうことになったのか。

町長選があり、私に貸し出している大家が応援していた候補者が負けてしまった。

敵を潰せとばかりに、勝った町長側が、役場を通じて違法を指摘したわけです。

そのとばっちりが、私にきたということです。

幸いだったのは、銀行からの借り入れができたことです。それを実行してくれたのが北奥羽信用金庫、その後合併した今の青森信用金庫です。

ともかく、それから十年ぐらいは、死に物狂いで働きました。

一日、朝と昼の二《ふた》仕事で寝る暇なし

お金を借りられたのは、本当に助かりました。土地を購入し、建物の建設から始め、また新たな出発ができました。

その場所には、宿泊場所、事務所、居間をつけることにしたので、大変なお金がかかるようになりました。

それに必要なお金は、私の実家を全部担保にして銀行から借りました。

私がこければ、実家もこけてしまいます。その状況の中で仕事をするのは、大変なプレッシャーがありました。

もう、後を振り向く時間がありません。

とにかく前に進め、前に進め、でした。

昭和五十二年当時は、ちょうど高度成長期です。

ユアテックも給料がどんどん増えていました。

二万、三万円と上がる時代があったわけです。

それから十年間、いつ眠って、いつ起きているか分からない。それくらい、頑張って働きました。

そして、会社勤めの時には結構《けっこう》酒を飲んでいましたが、独立してからは飲む機会が少なくなり、それほど飲まなくなりました。

何より仕事一本で、十年間ぐらい頑張りました。

世の中はバブルの時代でしたので、利益は上がりました。

三十四歳で会社を興《おこ》し四十四歳までの十年間は、一番大変な時期でしたが、それが全ての基礎になりました。

朝二時、三時には起きて、仕事に出かける。朝早いので、そういうことは社員にさせるわけにはいきません。

それができたのは、兄が仕事を手伝っていたからです。兄弟なので、気持ちを一つにすることができました。

皆が寝ている時間に一仕事をして、六時頃には会社に戻ってくる。

それから朝食の準備をして食べていました。

私の現在の生活習慣は、早朝に起きて風呂に入っていますが、この頃は、仕事の段取りのため、朝ではなく晩に入っていました。

朝食が終わり、七時を過ぎれば若い者が来ます。

ここから、通常の仕事が始まります。

私と兄貴は、朝と昼の二回働いていたのです。

夕方、五時か六時に、若い者は仕事が終わって帰ってきます。

それぞれ、後始末をして帰ります。

その後で、私と兄貴は次の朝の仕事の段取りをします。

準備したものを車に全部積み終わるのは、夜の九時頃です。

そして翌朝、二時か三時には、仕事に出ています。

ですから、ほとんど寝る暇がありません。

当然、ゆっくりとお酒を飲むなんてこともできない状態でした。

とにかく、必死で働きました。

私がこけたら、銀行からの借り入れは返済できません。

全部失ってしまってしまっては、実家に迷惑をかけてしまいます。それはあってはならないことと、自分に言い聞かせていました。

そんな思いが、私を支えてくれていました。

第四章　営業方針の大転換を図る

大工のドロンで営業方針を大変換

仕事は順調でした。

それでも、若者が辞めたいと言ってきたり、仕事に行ったところからクレームが付くなどの問題はありました。その都度、問題は誠意をもって解決して、大きな問題にならないようにしていました。

しかし、ある時、会社にとって痛いもらい事故が起きてしまいました。

前述したように、引っ越しを迫られ、銀行からお金を借りて、新しい土地に新しい事務所を建てていました。

それを建築した大工から電気工事を受注していたのです。その代金は一三七万円、それを小切手でもらいました。

それが、いけなかった。

その大工がドロンしてしまい、小切手が不渡りになってしまったのです。それで代金の回収ができなくなったわけです。

仕事は電気工事関係なので、ほとんどの受注は大工とか建設業者でした。

建設業者より仕事を頂くのは簡単です。

見積りを安くして、飲ませる。

そうすれば、仕事は貰えたのです。

ただそれでは、将来的に会社を安定させ運営していくための利益が出ません。

社員は、十人ぐらいに増えてきて、それだけ固定費も増えてきている。

私も、朝二時からやる仕事のやり方にだいぶ疲れてきた。

そろそろ、別なやり方で会社を伸ばしていかなければと考えていた頃でした。

そんなところに、大工のドロンがあったわけです。

会社にとっては大きなピンチでしたが、私は今の状況から脱出するのは、「今だと」大工のドロンで強く感じたのです。

そこで目を付けたのが、役所の仕事でした。今にしてみれば、不渡りが私にチャンスを与えてくれたのかもしれません。

不渡りというピンチがなければ、現状維持だったかもしれないからです。

将来の会社の姿を考えて、営業展開を公共工事だけに絞ったのです。

とは言え、公共事業を新規で受注するのは難しい。前例がないと、役所からは相手にされないからです。

でも私は、やると決めました。

やると決めたからには、やり通す。

それが、私のやり方です。

この決断が良かったと思っています。

とにかく、コツコツと、しつこく、熱心に、真面目に営業しました。

一点突破まで、労力と時間がかかりました。

それをやったことで、現在の仕事は、役所関係がほとんどになっています。

会社を強くした営業品目三つの柱

営業にあたって、ただ闇雲《やみくも》にやったのではありません。

やはり相手にとってもメリットがなければ、話は聞いてもらえません。

そこで私が考えた言葉が、「何かあれば速やかに対応する」でした。私が仕事をしてきて、「速やかに対応する」ことが、お客様にとっていかに大事であるかを感じてきたからです。

これを条件に出すことで、話を少しずつ聞いてもらえるようになりました。

同時に、新しく営業するにあたり、これから先、この世の中で必ず必要になるものは何かを考えました。

それで出てきた仕事が次の三つです。

①防災関係の防災無線
②下水道関係処理場、マンホールの電気関係
③光ケーブル工事
この三点で営業を展開すると決めたのです。

これがずばり当たり、会社は右肩上りで成長して行きました。

①の防災無線工事は、ほとんどメーカーが受注していました。メーカーは実績があるので、役所としても発注がし易いわけです。
ところが新しい業者は実績がないので、役所はなかなか発注してくれません。我々業者も入札に参加するには、実績を上げなければならないわけです。

それには、どうしたらいいのか、いろいろ考えました。

その結論は、諦めずに営業することでした。
②の下水関係もまた、実績がなければ入札に入っていけませんでした。電気関係もまた複雑でしたが、やはり基本は実績がないと駄目でした。
結局、いずれも諦めずに営業することしかなかったのです。

営業で実績を積み上げ、入札の資格を取りました。

それから③の光ケーブルですが、光ケーブルが出た段階で、私はいち早くキャッチしていました。

これからは、光ケーブルの時代が来ると直感したのです。現に今は、光ケーブルはなくてはならないものになっています。

「これからは、これしかない」、そんな気持ちで、光ケーブルの仕事も取って実績をつけました。

この三本の柱がずばり、当たったわけです。

役所の仕事をやるためには、実績と資格がないと相手にされません。

実績を取ることによって、資格も取れるようになりました。

実績が上がり、資格取得者が増えてくると、受注がしやすくなり、他社がとれない工事も、受注できるようになりました。

光ケーブルの実績は、大手企業と同じぐらいのものを持っています。

仕事をするに当たって、資格が、あるか、ないかで、実績が違ってきます。

資格の取得は、会社の未来を決めると言っていいほど大切です。

電気工事の場合は、電気一級施工管理士、通信は通信施工管理士、防災無線などがあります。

十年以上の経験がなければ、取れない資格もあります。

それを張山電氣では、五人持っています。

物件一件に対して、一人つく必要があります。

五件の仕事であれば、売り上げは大体三億円から五億円になります。

資格の取得に対しては、会社で金を出しても徹底して取らせてきました。

落ちたら会社で費用を負担して、また次の年に行けと取りに行かせました。

これは、最高の社員教育になります。

会社が費用を出して、形にのっとった教育はやっていません。大事なのは、現場あっての仕事だからです。

現場を優先することが、すべて社員教育と営業活動に繋がっていると思っています。

バブル期でも真面目に営業をかけていた

背広を着てネクタイをして、役所仕事に集中して営業をかけ、名刺を配る。設備工事や、建物に付随する工事の営業です。

各町村関係、市役所、県、国交省等々を細かく回りました。

今でも私が良かったと思っているのは、バブルの時に営業をしてきたことです。

確かに営業をしながら飲み歩きましたが、営業も真面目にやり続けました。遊ぶだけではなく、完全に営業をかけたのです。

大体、役所から学校の仕事を一つ取るためには、三年かかります。予算を組んで、設計して、それからの発注になるので最低でもそれだけかかります。

やはり、今がいいからと浮かれ過ぎてはいけないわけです。

私はみんながバブルで浮かれている時も、営業に力を入れました。

バブルの頃は、黙っていても、寝ていても仕事がきたので、朝まで飲んで、昼過ぎまで寝て、それでまた晩に飲む。

それでも、仕事があったので、営業の必要はなかったわけです。

しかし私は、朝早く起きて、ちゃんと風呂に入って、背広を着て、営業に出かけていました。

その違いは、後になってから雲泥《うんでい》の差となって出てきます。

そういう営業を、私はしてきたのです。

ですから、私はゴルフもやりません。

ある大きい会社の社長が、言っていました。

「張山君、これからゴルフやりなさい。ゴルフやらなきゃ会社潰すんだよ」と。

「ああ、そうですか。はい」と、返事だけはします。自分では、やる気は毛頭ないわけです。

そうしているうちに、私にゴルフを勧めた社長が会社を潰しました。

ですから、自分が納得しないものは、私はやりません。

それは徹底しています。

人からは、ちょっと頭がおかしいのではないか、と思われるかもしれませんが、それくらい徹底して営業をしてきたわけです。

そして、二時、三時に起きて、朝飯前に仕事をする。昼間も、普通通りに仕事をする。夜は、翌日に向けて準備作業をする。

おそらく、人の三倍は仕事をしてきています。

それが、会社の発展に繋がったと思っています。

営業の専門になってとにかく頑張った

営業を役所に絞ったのは、創業して十年近く経ってからのことです。私は、現場から離れ営業専門になりました。

やるからには徹底してやるのが私のやり方で、会社に宿泊する部屋も作っていたので、家に帰らずそこで寝泊りしました。

というのは、接待していると、どうしても帰りが遅くなるからです。それが、毎日のように続きました。

接待ですが、自分も楽しみながらなので、いつも帰りは午前様です。それでも、朝の二時から三時三十分頃には、帰るようにしていました。

その時間は、今までなら仕事に出かける時間です。営業の専門になって、それまでの生活がまるで変わってしまったのです。

接待をして弘前よりタクシーで会社まで帰るのですが、会社は国道より三キロぐらい入ったところにありました。

その周辺の集落は農家が多く、ニワトリを飼う家が多くありました。

普通、ニワトリは、朝の三時三十分とか四時に鳴きます。

私が帰る時間は、二時三十分とか、三時三十分。タクシーを降りると、ドアーが閉まる「バンっ」という音がします。

するとニワトリが、鳴き出すのです。

それで、会社から百メートルぐらい手前で降りて歩いてみました。

私の靴がコツコツという音をたてるので、同じように鳴き出しました。

しかも、百メートル手前のニワトリだけではないのです。

周辺のニワトリが、次から次へと鳴きだすのです。

まるで、私の帰りを歓迎しているようでした。

でも集落の人達にとっては、何事かと思うわけです。

その犯人が、私なわけです。わざわざ朝帰りの私を、集落の人に知らせているようなものです。

仕事だから仕方がないと思いつつも、あまり気分の良いものではありませんでした。

四つの役職を兼ねてやってきた

とにかく、営業を頑張りました。

それから十五年、現在の常盤支店のある場所へ会社を移転しました。

私は、営業の専門になったと言っても、社長の立場は変わりません。営業だけやっていれば、それでいいのではなかったのです。

私は、一人で何人分もの仕事をしてきました。

現在の社長が入社し、役職に就く前までは、社長、専務、営業部長、営業課長の四つのポストをやっていました。

今になってみると、本当に良くやってきたと思います。

人間、やればできるということです。

人件費で言えば、年間、一千万円以上の節約になっています。

大企業と違い、中小企業は、社長が社長業だけになり切らない。営業部長、営業課長の分も自分で働くのです。

そのつもりで頑張れば、誰でもできると思います。

役職に就くというのは、その立場に応じて役割がついてきます。

特に社長は、全体の責任者です。

その意味で、会社を支える営業部門も自分の役割として目を離さない。

次期社長も、役職を兼ねた働きをして欲しい。

老婆心ながら、私の希望として言わせてもらいました。

三回も続けて起きた交通事故でパニックに

会社経営をやっている中で、何事もなく過ごせるのは有り難いことです。

それを願いながらも、現実はいろんなトラブルがあるものです。

その一つが、交通事故です。

交通事故は、起きて欲しくないのですが、でも起きてしまいます。そういう場合は、きちんと対処して事故防止に努めてきました。

それなのに一週間に一回、続けて大きな交通事故が起きたことがあります。事故が起きたと思ったら、その翌週にはまた事故が起きてしまう。そんなことが、三回も続いたのです。

事故の処理は、一回でもそれなりの苦労があり手間暇がかかります。それが続けてですから、精神的にも大変でした。

何で、こんなに事故が続くのか、その理由が分からないのでなおのことです。今までは、そうした事故はなかったので、本当に困ってしまいました。

私は、事故を起こした社員には、叱《しか》ったことがありません。起こしてしまったことは、叱ってもしようがないからです。

「事故を起こした」と言ってきたら、

私の第一声は、

「相手の怪我は？」です。

そして「お前の怪我は？」と聞きます。

事故を起こした本人は、注意されなくても反省しているものです。

怪我はなかったと分かれば、「それは良かった。今度、気をつけなきゃだめだよ」と言って終わりにしていました。

ですから、怒ることは絶対しないわけです。

社員も、事故を起こさないように注意していたはずです。

それなのに、三回も続けて事故が起きてしまった。

もう私は、パニック状態になって寝られなくなりました。

これは、本当に苦しかった。

夢で教えられた龍神様　交通事故なくなる

そして、三週間ぐらい経ってからのことです。

まだ、苦しみは続いていました。

何で……と考えているうちに、ちょっとだけ寝られたのです。

その時に、夢を見ました。

その中で「これだな」という事故の原因を教えられたのです。

それは、第二婦人と住むために建てた、一軒目の家が関係していました。その家に、私の友達から階段の下に枯山水《かれさんすい》の庭を造ってもらっていました。そこには、五個の石があったのです。

長く経ち、その枯山水が邪魔になり、石を外へ捨てて置いたわけです。

秋になって、いとこから漬物の準備ができたと連絡がありました。行ってみると、大根をいっぱい入れた大きな樽《たる》が準備されていました。

「これ持って行って、家にある大きい石を重石にしろ」と言われて、枯山水《かれさんすい》で使った石を漬物石に使っていたわけです。

ちょうどその頃から、事故がバタバタバタバタと起き始めたのです。


夢で見たのは、漬物石で、それが問題だということでした。

それで何だろうと思って、朝三時頃、漬物石を見に行きました。

そして、タワシで石を洗ったら、二つの石に何か模様が出てきたのです。人にも見てもらったのですが、それは龍神《りゅうじん》の姿でした。

それでその石を、すぐに家の中に入れました。

床の間に二つ飾って、毎日水をあげていたら、事故がすぱっとなくなりました。

私は、龍神様を授かっていたのに、それを漬物石にしていたのです。

その間違いを、夢で見せてもらったわけです。

二つの石は、今は、第二婦人の家にあります。

新しい家を建てた時に、床の間を作り、そこに置きました。

今は、現在の社長が毎朝水を取り替えて、盆と正月は、ちゃんと外へ出して洗ってやっているはずです。

この龍神様の事は、本当に不思議で、不思議で仕方ありません。

私は、昔から信仰心があったというわけではありませんが、神も仏もいらっしゃると思っていて、日々大切にしています。

会社でも自宅でも、神棚を置いています。

神棚には小さいお社を二つ置き、天照大神様《あまてらすおおみかみ》と恵比須大黒《えびすだいこく》を祀っています。

私達は、新しく家を建てれば、そこに住みます。

神様も、同じだと思います。

二十年に一回、伊勢の遷宮で取り替える木を使ったお社《やしろ》があります。

それを購入し、弘前の家にも置いています。

自分たちだけ新しい家に入ったら駄目です。やはり神様も新しい家にと思い、お社《やしろ》も新しくしてきました。

第五章　苦しみながら成果を上げた研究開発

私が研究開発に没頭した懐かしの研究室前（令和2年1月30日）

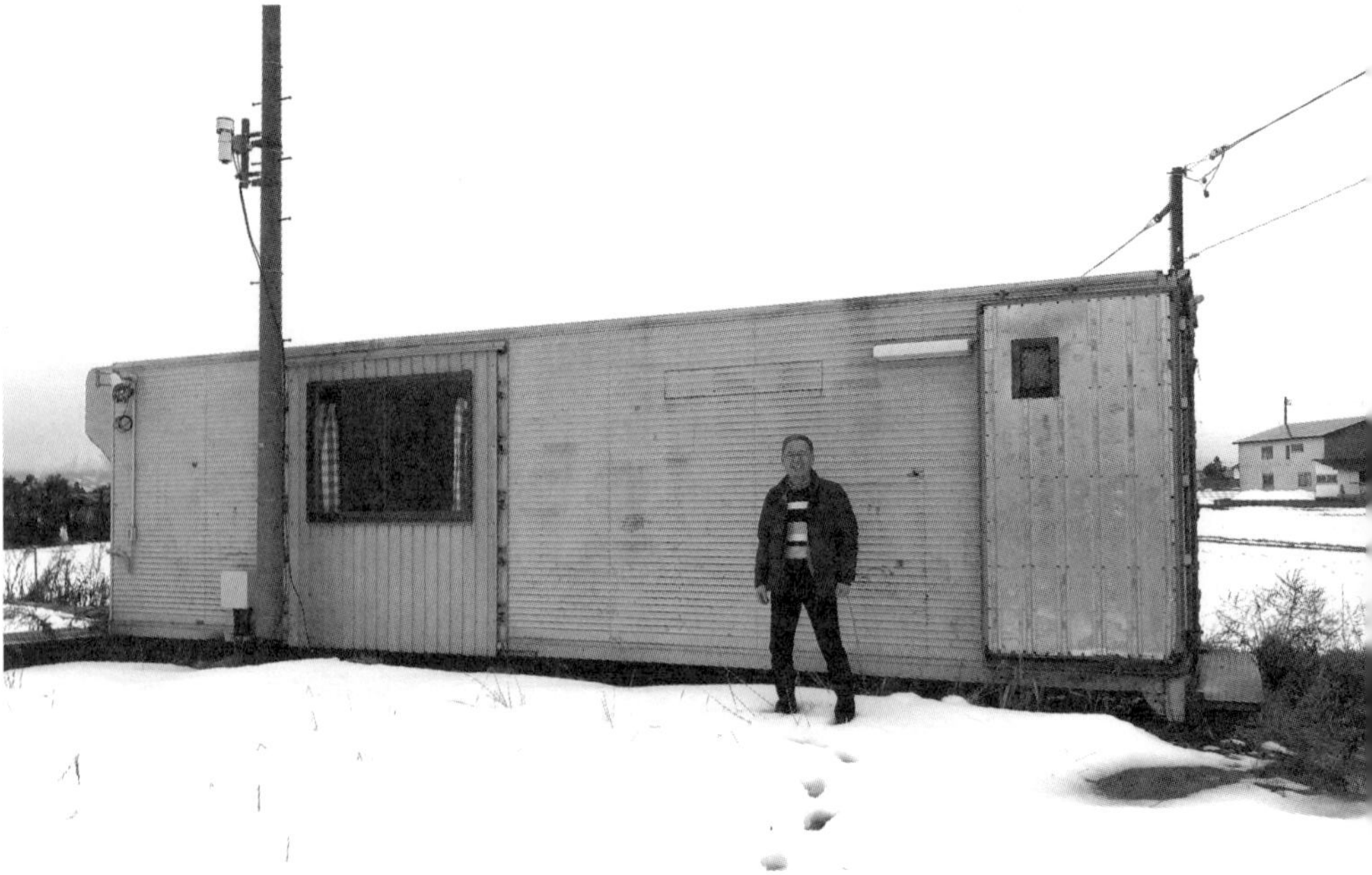

物造り研究開発に手を染めてしまった

会社勤めをしている時のことです。

現場で作業をしていると、いろんな考えが浮かんできていました。

こういう工具があればなあ。

こういう機械があればなあ。

それができれば、作業の安全が高まり、作業効率が上がるのになあ。

何とかできないものかなあ……と。

勤め人なので、自分勝手に工具の開発はできません。

そこで、上司に提案をしてみたら、「それには稟議《りんぎ》が必要だ」というのです。稟議とは、その提案が会社にとって、お金を出してでもやる価値があるかどうかを、会社のトップに判断してもらうものです。

それで必要なのが稟議書です。

具体的にどういうものを作るのか。

それに必要なお金は、どれぐらいかかるのか。

それらをまとめて出しなさいと言われたわけです。

それで書類を作って提出したのですが、稟議は通らず採用されませんでした。「金がかかる」というのが理由だったようです。

会社としては、うまくいくかどうか分からないものに金は出せない。ということだと思います。

会社が駄目と言うのであれば、諦めるしかありません。

ただ、こういう工具や機械があればという思いは、ずっと持っていました。

たまたま三十四歳で興した事業が、うまくいき、六十歳の頃には、ある程度、金回りも良くなっていました。

それまでの約二十五年間、工事には結構苦労をしてきました。それに対して電気業界では、研究開発をする人はいませんでした。

私も、会社勤めの時に提案を却下され、手をつけられなかったのです。

しかし、今ならできると思い、「よし、それならば自分で研究開発をやってみよう」と決意したのです。

「研究開発が成功すれば、会社にとって大きな力となる」

「力がつけば、会社の経営をより確かなものにすることができる」

そう考え始めたら、日々気持ちが高揚していきました。

「もう、自分がやるしかない」

それで誰も手を付けなかった、物造り研究開発に手を染めてしまったのです。私が六十歳（平成十五年）の頃です。

開発というのは、経済的にも精神的にも相当負担がかかります。お金で言えば、三〇〇〇万円以上は使ったと思います。

幸い、特許も取得でき、それが仕事でも生きています。今だから「研究開発して良かった」と言えますが、本当に大変でした。

じさまボケが始まったのではないか

一度、やると決めたらやり通す。

研究開発は苦労の連続でしたが、それを心掛けてやりました。この生き方がなければ、途中で投げ出していたかもしれません。

この生き方（性格）が身に付いていて、私は幸いでした。

早朝に起きて、風呂に入って、ご飯を食べる。

今まで通りのパターンで、一日の活動が始まります。

自宅より車で、十五分～二十分の所にある支店に向かいます。常盤支店構内が私の物造りの場所、すなわちそこが私の研究室でした。

寝ても、覚めても、頭にあるのは研究開発のことばかり。四六時中、どうしようか、こうしようかと考えていました。

考えていると、夜も眠れない。

夜のご飯を食べれば、疲れ切っているので、すぐ床へつく。

妻が寝ると、私が起きる。

一人、ソファーに座って考える。

とにかく物造りをしている時は、食べる、寝る、考える。その繰り返しで、家では寝ている以外は食べている。

娘に、じさまボケが始まったのでは、と言われてしまいました。娘達が寝る時、夜中にご飯を食べているので、そう言われても無理はない様子だったと思います。

ボケというと、こんなこともありました。

床屋さんに行った時、終わったので帰ろうとした時です。床屋さんのママに「まだお金をもらっていない」と言われたのです。

ビックリして、慌てて「すみません」と言って払ったのですが、床屋さんに行っている間も、考えるのは研究開発のことばかりでした。

そのため、支払いを忘れてしまったわけです。

もしかすると、私がまだお金を払っていない人がいるかもしれない。また、それを私に言いたくても、言えないでいる人もいるかもしれない。今でも、もっと迷惑をかけた人がいるのではないか。そんなことも、心配になったりしています。

でも、私は決してボケていたわけではありません。

研究開発をするには、それに必要な勉強をしなければなりません。

ちょっと勉強をかじるようなレベルでは駄目です。

そういう時には、頭が狂うほど集中するのです。

集中して、集中して、考える。普通ではない状態になって、当然です。

しかもその時は、全くの孤独です。開発は常に孤独と二人です。

社員はいますが、社長がそんな状態ですから、声は掛けにくい。

開発の助けになる提案を、私にする人は誰もいない。私の方から、相談する相手もいない。そんな状態で、研究開発をやってきました。

夢が開発のヒントを教えてくれた

開発を手掛けたと言って、すぐに製品が完成するわけがありません。

開発の目的は何か。どういう製品に仕上げたいのか。それが明確でないと、最初っから狂いが生じます。

狙う製品を目指しながら、一つ一つ工夫しながら試していくと、だんだんと深みに嵌《はま》っていきます。

試作は、只ではできません。やれば、やるほど、支払いが増えていきます。多い時には、月百万を超える時もありました。

と言って、途中で止めるわけにはいきません。

もし、諦めていたら……今はないわけです。

しかし試作中は、何度も行き詰りました。

とうとう、もうどうにも前に進まない時がありました。

大きな壁にぶつかると、本当に「お先真っ暗」になります。

そんな時、不思議と夢を見るのです。

その夢とは、「こうすれば良い」というヒントなのです。

夢を見たというより、見せてもらえたという感じです。

それをヒントにやってみると、問題が解決していく。

本当に有り難いことで、そのお陰があって今に至っています。

研究開発に手を出して、研究開発の苦労を実感しました。

研究開発は、安易に手を付けられない。血の出る思いをするので、今まで誰も手を付けなかったのだと分かりました。

それを私は、やり遂げることができました。

今、その製品によって会社の経営が安定していると言えます。

幸い、特許も取ることができました。

特許出願するまでには、三年かかりました。

私は、開発するのが好きで、金はかかりましたが、完成した時の喜びは、何とも言えないのです。

しかしそこに至るまでの物造り研究開発は、**「泣くだけ苦しまなければ、笑うだけの良い物はできない」**ということです。

研究開発が実り六つの特許を取得

ここで、どのような特許を取得したのかを紹介します。

■平成二十四年　長尺工作物の埋設施工装置 特許証取得
　特許権者：東北電力株式会社　張山電氣株式会社
■平成二十四年　一般社団法人日本電気協会第五十七回澁澤賞受賞
■平成二十五年　カッターヘッド 特許証取得
　特許権者：張山電氣株式会社

■平成二十七年　地盤掘削用アタッチメント、それを利用した掘削方法、
　　　　　　　および、土留支保工法特許証取得
■平成二十八年　長尺部材の埋込方法及び長尺部材埋込補助装置 特許証取得
■平成二十九年　熱交換器の設置方法および熱交換器の設置補助装置 特許証取得
　　　　　　　特許権者：株式会社イノアック住環境　東北電力株式会社
　　　　　　　　株式会社ユアテック　張山電氣株式会社
■平成二十九年　地中熱交換管の埋設に用いる掘削装置及び掘削方法 特許証取得
　　　　　　　特許権者：東北電力株式会社　株式会社ユアテック
　　　　　　　　張山電氣株式会社　鉱研工業株式会社
※これらは、現場作業の体験から、ぜひとも開発したいと思っていたものです。
　特許の発明者として、全てに張山國男の名前が入っています。
※特許出願は、その装置に応じて、各企業と連名で行っています。
私の名前だけだと、他の電力会社に潰される可能性があったからです。
長尺工作物埋設施工装置である接地電極深打工法、岩盤特殊掘削方法は
東北電力を正面に出してやりました。
東北電力の名前をつけたことで、優位な立場を得ることができました。

澁澤賞を受賞

澁澤賞とは、故澁澤元治博士が文化功労者として表彰を受けたことを記念して昭和三十一年に設けられたものです。

一般社団法人日本電気協会が、電気保安分野で顕著な業績を上げた、個人・グループに授与する、電気関係の最高賞です。

平成二十五年五月二十三日、私は有り難く頂戴いたしました。

受賞した賞
—特別功績賞
受賞テーマ
—接地電極深打工法の開発
受賞者
—張山電氣株式会社　張山國男
—東北電力株式会社　田澤秀徳
津島和幸　八森広美

澁澤賞を受賞（平成25年5月23日）

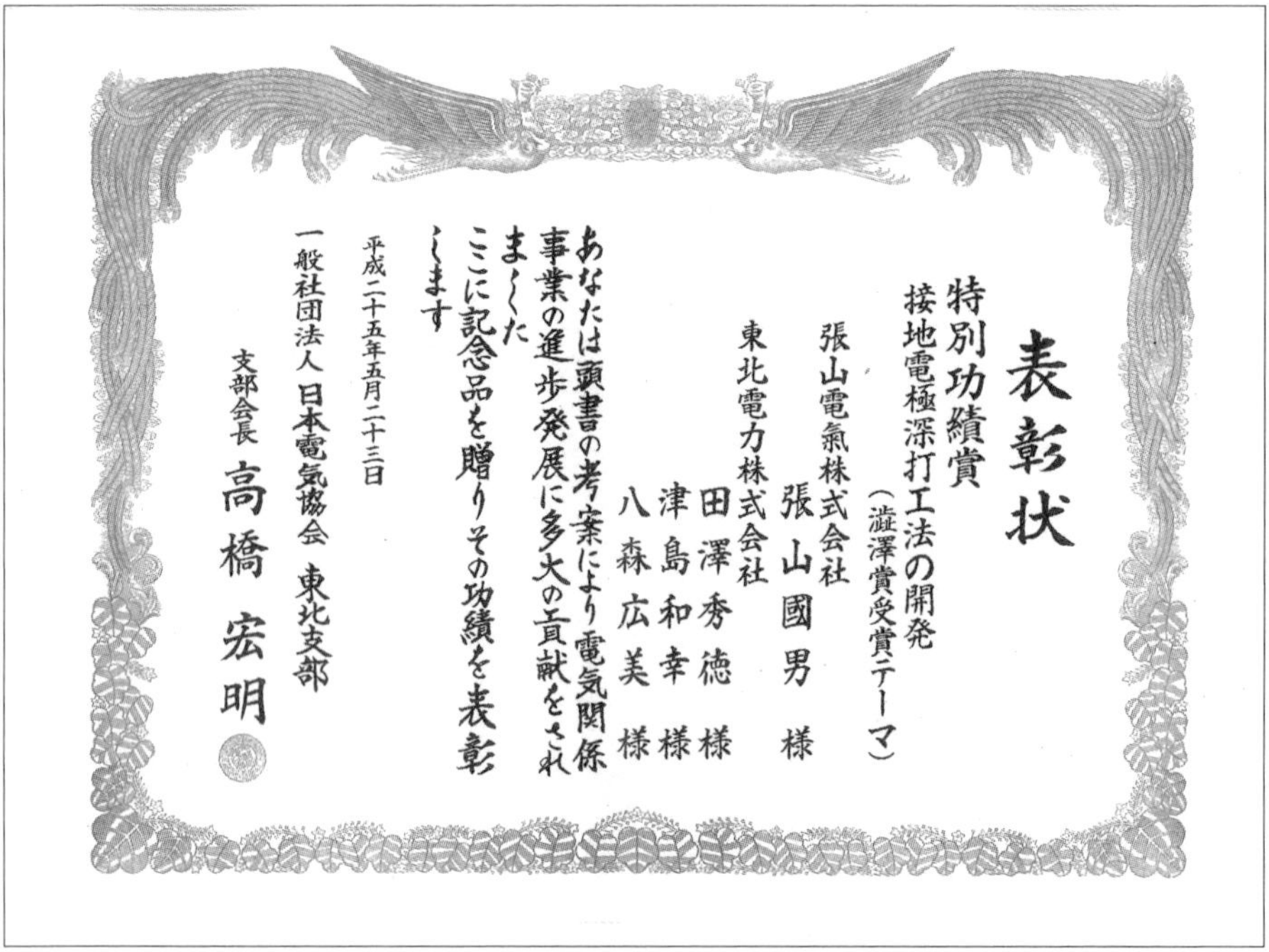

表彰状

特別功績賞
接地電極深打工法の開発
（澁澤賞受賞テーマ）

張山電氣株式会社
張山 國男 様

東北電力株式会社
田澤 秀徳 様
津島 和幸 様
八森 広美 様

あなたは頭書の考案により電気関係事業の進歩発展に多大の貢献をされましたここに記念品を贈りその功績を表彰します

平成二十五年五月二十三日

一般社団法人 日本電気協会 東北支部
支部会長 高橋 宏明

澁澤賞の表彰状

カッターヘッドの開発が作業に大きく貢献

カッターヘッドは掘削機械の先端の部分のことですが、これを開発するまで、本当に苦労しました。

張山電氣株式会社で特許を取得することができました。

お陰様で、現在は様々な所で大活躍しています。

・地盤掘削用アタッチメント、それを利用した掘削方法、および、土留支保工法
　特許証取得
・長尺部材の埋込方法及び長尺部材埋込補助装置
・熱交換器の装置方法および熱交換器の設置補助装置
現場に十メーターとか、十五メーターの太い穴を掘ります。

その穴に採熱管を入れて、それで地熱を取るわけです。

その穴を掘る技術を、私の方で開発したのです。
・地中熱交換管の埋設に用いる掘削装置及び掘削方法

カッターヘッドの特許証は、口絵で紹介しています。
これで行う工事は、ほとんどうちしかできません。

岩盤特殊掘削工法用のカッターヘッド

接地電極深打ち工法用のカッターヘッド
右のビットで掘り、左のビットでアース線を挿入・設置する

特　許　証
(CERTIFICATE OF PATENT)

特許第６２３５１８３号
(PATENT NUMBER)

発明の名称 (TITLE OF THE INVENTION)　熱交換器の設置方法および熱交換器の設置補助装置

特許権者 (PATENTEE)　愛知県名古屋市熱田区大宝四丁目９番２７号
株式会社イノアック住環境
宮城県仙台市青葉区本町一丁目７番１号
東北電力株式会社

発明者 (INVENTOR)　その他別紙記載
大江　基明
安江　伸二

出願番号 (APPLICATION NUMBER)　特願２０１７－０７６０９５　その他別紙記載
出願日 (FILING DATE)　平成２９年　４月　６日(April 6, 2017)
登録日 (REGISTRATION DATE)　平成２９年１１月　２日(November 2, 2017)

この発明は、特許するものと確定し、特許原簿に登録されたことを証する。
(THIS IS TO CERTIFY THAT THE PATENT IS REGISTERED ON THE REGISTER OF THE JAPAN PATENT OFFICE.)

平成２９年１１月　２日(November 2, 2017)

特許庁長官
(COMMISSIONER, JAPAN PATENT OFFICE)
宗像直子

特　許　証
(CERTIFICATE OF PATENT)

特許第５１２９５８３号
(PATENT NUMBER)

発明の名称 (TITLE OF THE INVENTION)　長尺工作物の埋設施工装置

特許権者 (PATENTEE)　宮城県仙台市青葉区本町一丁目７番１号
東北電力株式会社
青森県弘前市大字徳田町３０番地１
張山電氣株式会社

発明者 (INVENTOR)
田澤　秀徳
八森　広美

その他別紙記載
出願番号 (APPLICATION NUMBER)　特願２００８－００２２８７
出願日 (FILING DATE)　平成２０年　１月　９日(January 9, 2008)
登録日 (REGISTRATION DATE)　平成２４年１１月　９日(November 9, 2012)

この発明は、特許するものと確定し、特許原簿に登録されたことを証する。
(THIS IS TO CERTIFY THAT THE PATENT IS REGISTERED ON THE REGISTER OF THE JAPAN PATENT OFFICE.)

平成２４年１１月　９日(November 9, 2012)

特許庁長官
(COMMISSIONER, JAPAN PATENT OFFICE)
深野弘行

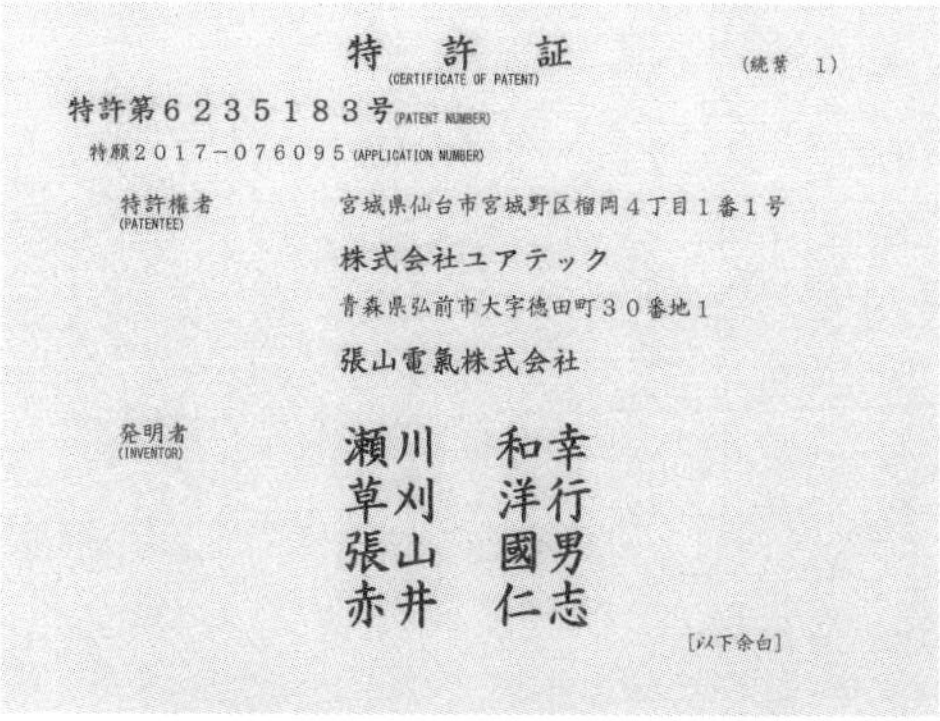

特　許　証
(CERTIFICATE OF PATENT)　(続葉　1)

特許第６２３５１８３号(PATENT NUMBER)
特願２０１７－０７６０９５(APPLICATION NUMBER)

特許権者 (PATENTEE)　宮城県仙台市宮城野区榴岡４丁目１番１号
株式会社ユアテック
青森県弘前市大字徳田町３０番地１
張山電氣株式会社

発明者 (INVENTOR)
瀬川　和幸
草刈　洋行
張山　國男
赤井　仁志

[以下余白]

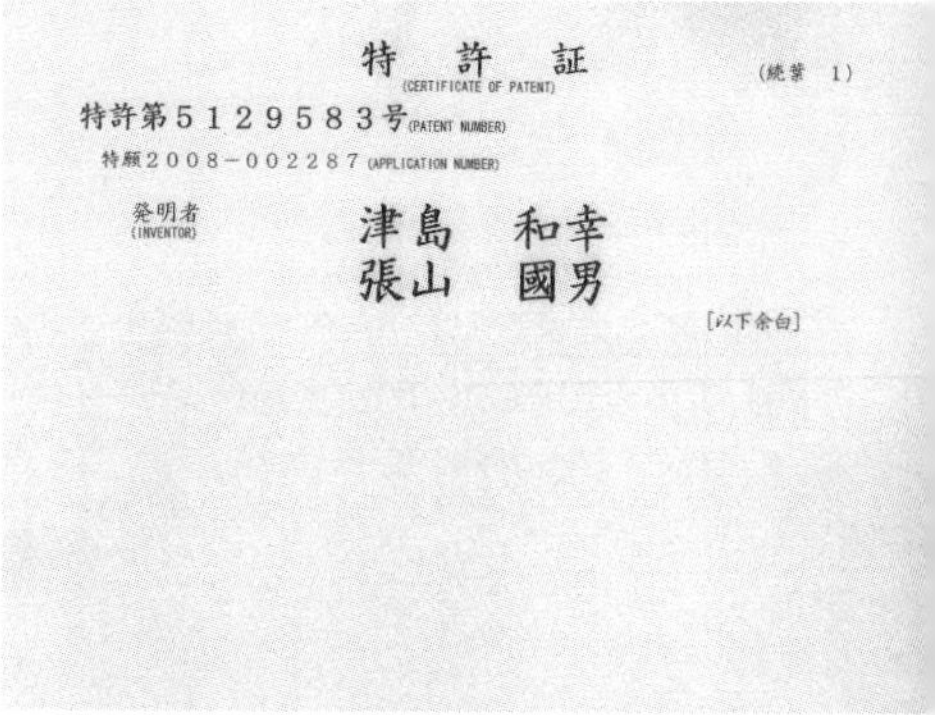

特　許　証
(CERTIFICATE OF PATENT)　(続葉　1)

特許第５１２９５８３号(PATENT NUMBER)
特願２００８－００２２８７(APPLICATION NUMBER)

発明者 (INVENTOR)
津島　和幸
張山　國男

[以下余白]

熱交換器の設置方法および熱交換器の設置補助装置の特許証

長尺工作物の埋設施工承知の特許証

接地電極深打ち工法
岩盤特殊掘削工法

平成二十一年度、東北電力株式会社社長賞受賞

東北電力株式会社社長賞受賞が先に紹介した澁澤賞に結びつきました。これがいかなるものか、当時作成したパンフレットより紹介します。

接地電極深打ち工法、岩盤特殊掘削工法を案内したパンフレットの表紙

パンフレットのご挨拶

私事で恐縮ですが、早いもので電気工事に携わって50年を経過致しました。業界の繁栄と商工業の発展の根幹には、電気工事の技術と開発研究が大きな影響を与えていますが、この大切な仕事を天職として、様々な工事にめぐり逢う幸運に恵まれ、多くの皆さまのご指導とご愛顧を頂きまして、今日がある事を心から感謝致しております。

さて、最近まで私の脳裏には、永らく二つほどの課題が未解決のまま滞っておりました。一つ目は、岩盤地層で接地抵抗をいかに下げ得るかについてであり、二つ目は、岩盤地層における電柱建込用の掘削技術の件です。しかし、ようやくこれら二つの課題を一挙に解決することができました。

一つ目の接地抵抗に関しては、東北電力株式会社様と弊社との共同開発により、『接地電極深打工法』として成功致しました。この工法は、たとえ表層から岩盤地層であっても、地下30ｍまで掘り下げることが可能で、約1日でA種接地を取得できるようになります。これによって、低コストで迅速且つ確実に接地抵抗を下げるという、東北電力株式会社様と当社が掲げておりました目標を達成することができました。

二つ目の岩盤地層の掘削については、弊社独自の開発による『岩盤特殊掘削工法』として完成を見ました。この工法は、穴掘建柱車を使用し、岩盤に径420㎜の穴を10分間に30㎝以上掘削し、最長5ｍまで掘り下げることが可能である、という画期的な技術です。

その結果、このカタログで御覧頂けますとおり、双眼掘り・つなぎ掘り・斜め掘りが容易に出来るようになり、振動・粉塵・騒音を発生させることがないので、住宅地近くでの作業でも支障無く実施することが可能になりました。

これらの新開発の技術で、今後は電気工事のみならず土木業界にもお役に立てる事と考えております。

今後更に、独自の信念と技術を以て、新たな開発へと更なる精進を重ねて参りますので、皆様方の、なお一層の御指導、御鞭捷の程をお願い申し上げ、ご挨拶とさせて頂きます。

張山電氣株式会社

代表取締役　張山國男

接地電極深打ち工法で設置棒の設置が楽になった

電柱を立ててトランスがある場合、アース（設置棒）が必要です。

そのアースが、きちんと設置されないと危険があるからです。

人や牛や馬が歩いている時に、そこに触れて感電死したり、ということが起こるわけです。

それを防ぐために、電気を地下に逃がしてやる。

それが設置棒です。

その設置をするために、地下に穴を開けなければなりません。

その開けた穴に、設置棒を入れます。

もし岩盤であれば、設置棒が入っていきません。

いくら打とうと思っても、入っていかない。

それをやるために、もの凄く苦労していました。

私の開発した接地電極深打ち工法であれば、岩盤三十メートルまででも、一日で終わってしまいます。

作業は、本当に楽になりました。

接地電極深打ち工法の概要

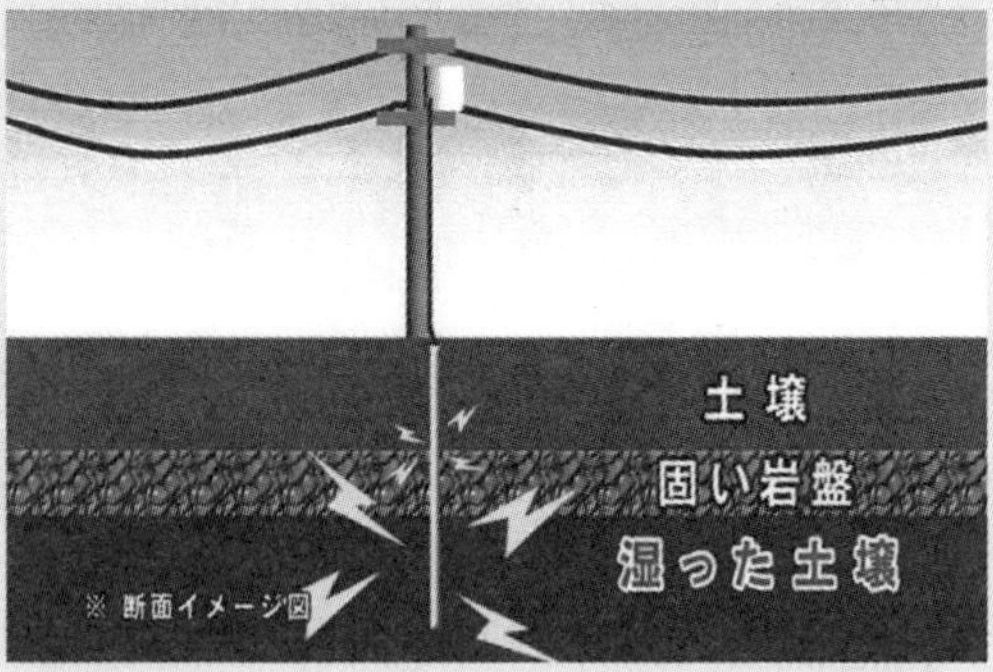

この工法では、１つのトランスに対して１本の長い接地棒を埋設します。

一年を通して湿り気が多い、岩盤の下の土壌まで掘削し接地棒を埋め込むことで、安定した低い接地抵抗を得ることが可能となります。

アースオーガによる掘削システムを採用したことで、それまで突破することが容易ではなかったこの固い岩盤を、驚異的なスピードで突破することが可能となりました。

通常、数日ほどの時間を要していた従来のボーリング掘削と比べて、アースオーガによる接地電極深打ち工法を用いると、全ての作業が約１日で完結します。

また、掘削先端部の冷却水は、独自で開発した水循環システムを利用することで、周辺の環境にも配慮しています。

パンフレットに掲載した説明
岩盤があっても大丈夫
深さ 30 メートルまで深打ちできる

接地電極深打ち工法（直径 110 ㎜）
設置棒の設置が、ものすごく楽になった

岩盤特殊掘削工法による電柱埋設

電柱の根入れ深さは、電気設備技術基準に定められています。
電柱の種類と全長に応じて設定されています。
全長が十五メーター以下の場合は、根入れ深さを全長の六分の一。
十二メーターだったら、二メーターです。
十六メーター以上の場合の根入れ深さは、二・五メーター以上となっています。
今までだと、根入れの深さに合わせて大きな穴を掘っていました。
その深さでも硬い岩盤がでてくる所もあります。
一メーターぐらい掘って出てきた場合、大変なわけです。
昔はコンプレッサーを使って、手掘りで体が入るように大きな穴を掘っていました。
終わったら、上から埋めます。
機械なら、小さい穴でもいいわけです。
深さも簡単に分かります。

この岩盤特殊掘削工法（直径 420 ㎜）だと、必要な大きさの穴を掘るだけで済む　作業がとても楽になった　岩盤があっても問題なく穴を掘ることができる

岩盤特殊掘削工法で、電柱埋設用の穴を開ける掘削ビットは直径420㎜、単独の穴はもちろん、双眼堀り（めがね掘り）、斜め堀りができ、岩盤があっても大丈夫です。これで現場の作業が本当に楽になりました。

めがね掘りする機械は、茨城県の古河市で作りました。途中に岩盤があってもきれいに穴を掘ることができるものです。穴1つ10万円、15万円、20万円という具合に、頼まれればどこでも行きます。

掘削機械の冷却装置

油圧の回転する部分から水が漏れない仕組みも私が作りました。
軸は回っても水も漏れないようにしています。
工事がずいぶん楽になりました。
これは研究所で開発しました。

冷却装置（下部は置台）

冷却水の戻りを水循環濾過装置の送るポンプ

冷却装置に水を送るポンプ

掘削時に出る排水の浄化槽（水循環沪過装置）

水を大量に使うので、吸い上げた泥水を再利用するために、濾過《ろか》装置も作りました。

水で送ってやって穴を掘ります。

掘った水が泥と一緒に出てくるので、それをくみ取ります。その水を濾過器に入れて、さらに、その水を再利用していくものです。

昔は汚い水を、そのまま流していました。

それを、きれいにするわけです。

濾過器と水循環濾過装置が対になっている機械を、十五年前につくりました。

薬剤を使って凝縮《ぎょうしょく》するまではやりませんが、砂とか泥がなければ十分使えます。

砂や泥が多すぎると、パッキンなどがいかれてしまうわけです。

水循環濾過装置

水タンクの水止め

穴は、先端の機械を冷却する水を入れながら掘っていきます。掘り終われば、水の供給は必要ありません。でもタンクには水がいっぱい入っているので、供給を止める必要があります。

その水を止めるのが、これです。これは特許を取っていないけれども、私が作りました。

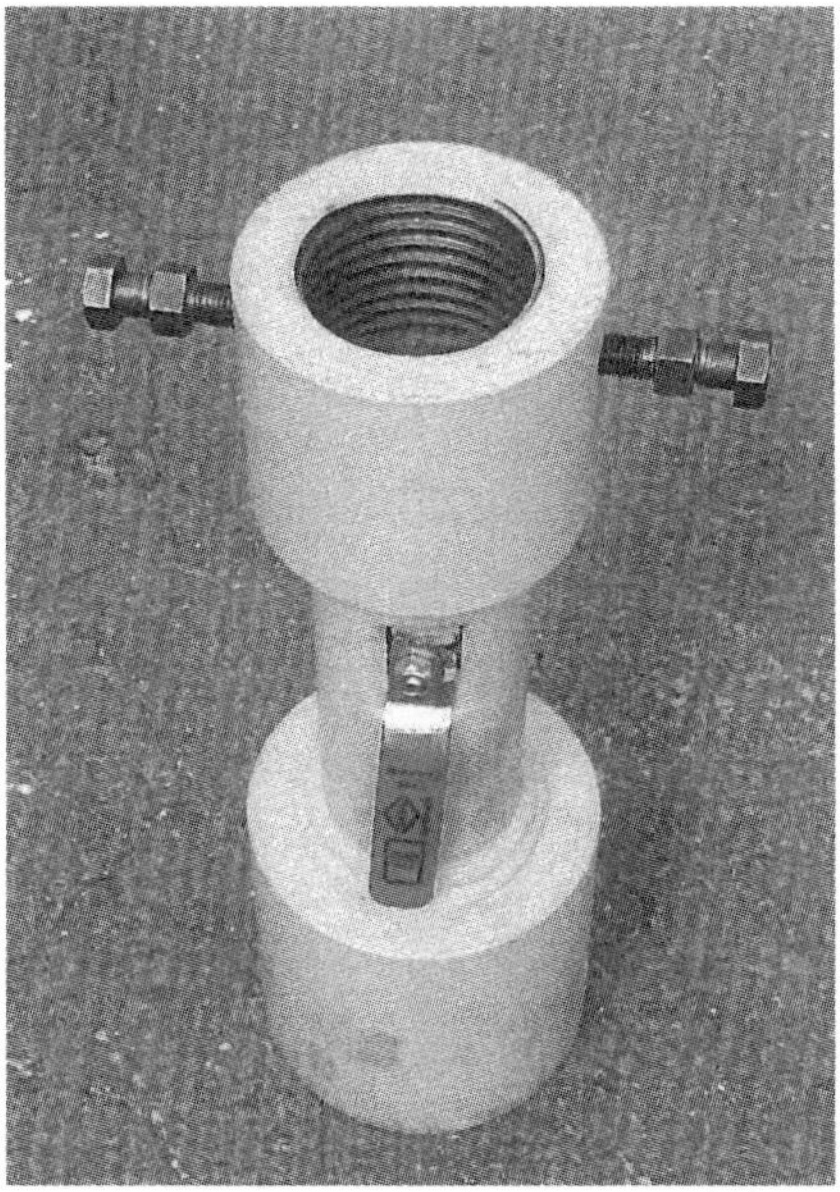

水止め装置

冷却装置、水止め装置、カッターヘッド
（大きさ比較）

強く締め付けられたネジを戻す機械

油圧で、特許を取得した先端を回転させて穴を掘ります。その際、もの凄い力がかかり、ネジが完全に締まります。

穴を深く掘るには、掘削棒を足していきます。掘り終わったら、掘削棒を抜かなければなりません。掘削棒と掘削棒のつなぎ目のネジは強く締まっています。また先端の機械と掘削棒のネジも強くしまっています。

それを人の手で戻すのは、とても無理です。そこで開発したのが、油圧でぎゅーと掴んで戻す機械です。

油圧の力は強力です。

カッターヘッドの接合部分など、強く絞められたネジを油圧で緩める装置

私の生き方の一面

私にとって、発明するのが馬鹿の一つ覚えのようなものです。
それに集中してやれるのは、人と違うところがあるのかもしれません。
馬鹿と利口は、紙一重《かみひとえ》と言われます。
自分では、分かりませんが、いくらかは変わっていることはあるかもしれません。
昔、株をやったことがあります。
証券会社の担当者は、確実に儲かるというような株を勧めます。
いくらかは付き合いました。株で儲けても、いつ、何があるか分かりません。
私の友達で、良かれと思って買った株が塩漬けになっている人がいます。
かつて銀行株は確実なものでしたが、どうなるか分かりません。
あまり深入りしてしまうのは、いけないと思います。
まして、会社をひっくり返してしまうような大きい博打《ばくち》は駄目だと考えています。
パチンコも、若い者についていってやったことがあります。
でも、ほとんど興味はありません。
当たれば儲かるかもしれませんが、やるものではないと思いました。

同様に、競輪や競馬なども私には合わないと思っています。

ゴルフもいくらかやりましたが、膝を悪くしたことがありました。遊んでいて、仕事できなくなるようなことは駄目だと思い、止めました。

その頃は、バブルの真っ最中で、仕事はいくらでもありました。そういう時、人というのはどうしても気が緩みます。

私は、遊びはしませんでしたが、ちょっと飲み過ぎてしまいました。体の具合を悪くしてしまったのです。

肝臓を悪くして酒を飲めなくなりました。しかし、体調がよくなれば飲む、悪くなれば休む。そういう繰り返しをしていて、それでは駄目だと思いました。

体がだるくて、仕事ができなくなるのです。

医者へ行くと、数値が大幅に上昇しています。

その当時、入院騒ぎも起こしましたが、会社を興してからは入院はしていません。

そして今は、お年寄りの役目として健康体操を毎日やっています。

最期まで、健康で生きる。

動けなくなって、周りの人のお世話にならないためにです。

第六章　永続を願って会社を後継者に託す

張山電氣株式会社常盤支店

元気なうちに会社経営の引き継ぎを考えた

私は七年前（平成二十五年）に、会社経営から離れました。

その数年前から考えていたことで、それを実行したのです。

その一番の狙いは、張山電氣株式会社の永続です。

七十歳になろうという頃です。まだ十分に体力と気力はあり、経営を続けていく自信はありました。

それなのに、何故、私は手を引くことを決めたのか。

創業者なら誰もが持つ願いかもしれませんが、私も創業者として、自分の作った会社が長く存続して欲しい。

そういう気持ちが、私自身、強くなってきたのです。

本当にそれを実行するには、そのための準備が必要です。

会社が永続して欲しいというのは、単に私だけの願いではありません。

一緒に頑張ってきた社員、
それを支えてきてくれたご家族、
さらにお取引先、関係者の皆様、

会社は、多くの人と繋がっています。

それらの関係を保つことで、お互いの生活は保障され、広く言えば、社会貢献にも繋がっています。

確かに私は、張山電氣株式会社を創業しました。

しかし創業者は、会社を創って終わりではない。

会社を永続的に存在させてこそ、創業者と言えるのではないでしょうか。

それが創業者としての、もう一つの使命だと思うのです。

それで私は、会社を後継者に譲ることにしたわけです。

それには、私が元気な時に譲る。

というのは、後継者に私の思いをきちんと伝えることができるし、もし引継ぎがうまくいかなかった場合でも、やり直しができるからです。

もう一つ、私には重要な理由がありました。

離婚した第一婦人との間に、二人の子供がいます。

その子供達には、相続権があります。

相続で、争いが起こらないようにする。

それは、私のやるべき大事な役割です。

ボケてしまってからでは、遅いわけです。

問題になるのは、私が持っている会社の株でした。

これを、私が元気なうちに解決しておく。

それで動いたわけですが、実際には難題もありました。

詳しくは後半で述べますが、一致をみて処理は終わっています。

そうした準備をしながら、後継者の育ちを待ちました。

「降らずとも傘の用意」の実践が私の営業姿勢

私は四十年近い営業の中で、大きく方針を変えた時があります。

創業して十年後のことです。

民間だけの仕事では将来の安定が見込めないと思い、徹底して役所関係にこだわって営業を展開しました。

前例を大事にする役所は、国交省、国、県、市町村等、どこも大変でした。最初は、相手にさえしてもらえなかったからです。

しかし諦めずに営業を続けることで、だんだんと営業の実が結び始めました。

国交省、国、県、市町村各所の皆さんのお世話により、現在の張山電氣の営業線路を敷くことができたのです。

会社経営というものは、今が良いからと言って、ずっと先まで良いことはありません。今年の営業がある程度終わったら、来年、再来年、先々を見込んで営業する。その様な営業ができれば、最高の営業になります。

令和二（二〇二〇）年、初頭から世界が新型コロナウイルス対策で、世の中は行動の自粛要請、それに伴う経済不況が深刻な問題になっています。

どこの会社も、会社を維持するに大変な状況だと思います。

今の状況で経営が厳しい会社は、より深刻な状態だと思います。

リストラということも考えないと、駄目になるかもしれません。

私共の会社は、技術を売る会社です。

コロナが収まって世の中が動き出すと、私には、最大のバブルがやってくるのが目に見えています。

その時のためにも、今頑張って従業員の体勢を整えておく。

これができれば、会社にとって明るい未来が見えてきます。

今から体勢を整えるという会社は、少し遅い様な気がします。

会社という所は、景気が良い時にこそ、次の一手を考えることが大事です。

会社が悪くなってから、どうしたら良いかと考えても、焦《あせ》りが先に立ち、なかなか良い考えは浮かばないものです。

利休の言葉で「降らずとも傘の用意」というのがあります。

私の営業の姿勢は、この言葉の実践にあります。

昭和六十一年〜平成三年までは、五十一ヵ月のバブル景気でした。

会社は、右肩上がりで営業成績が上がっている時代です。

それでも私は手を緩めることなく、サボらず真面目に働き、営業を一生懸命、頑張りました。

それが、良かったのだと思います。

自分に厳しくしたことが、今に続いていると思うからです。

二代目社長に会社運営を託した現在の思い

時に私は、六十九歳。

代表取締役を、当時の専務にバトンタッチしました。

それが現在の社長です。

今思えば、丁度良い時期に二代目社長に渡した気がします。

前述で私は、四つのポストを兼務してきたと記しました。

社長業、専務、営業部長、営業課長の四つです。

それらの役職から全て離れ、新社長に全部、任せています。

今の社長も、四つの役職を兼務してやっています。

さて、私が託した二代目社長。

私が敷いた線路をどう進むのか。

また、どの様な電車を走らせるのか。

さらには、どの様な色の電車を走らせるのか。

その全ては、二代目社長の裁量《さいりょう》になります。

二代目社長は、私が敷《し》いた線路にうまく乗って、今では、自分の電車を走らせています。

二代目社長はとっくに私を超えて、自分の裁量で走り始めているのです。会社を離れた私ですが、今の社長の働きを非常に楽しみにしています。

私の目には、狂いがなかった。

私も安心しています。


第二婦人にお願いです。

できるだけ早く、二代目社長へ全権を託す様にしてください。それが、会社発展の基礎となるからです。

今回のコロナ騒動は、会社経営のあり方を教えてくれました。

対応を間違うと、経営が難しくなります。

そうしたことを含めて、全て二代目社長が考えて会社を運営する。それが、二代目社長に課せられた仕事です。

もとより、手を緩めることなく頑張るより他に手はないわけです。

二代目社長の頑張りに期待しています。

社長は娘婿　良くやっている

今の社長は、元ユアテックの社員でした。

ユアテックから独立した張山電氣は、ユアテックの協力会社です。

ユアテックと取引があって、ユアテックの社員と交流があるわけです。

それで私の目に留まったのが、今の社長です。

私は第一婦人との間に子供が二人いますが、別の道を選んでいます。我が子が後継者になるのは、あり得ません。

第二婦人と結婚しましたが、二人の間には子供はいません。ただ、第二婦人には、娘が一人いました。

三人で暮らすようになり、私は将来を考えて娘の婿を探し始めました。

その候補が、ユアテックで見つかった。

なんとか彼を娘と結婚させたいと考え、見合いをさせたのです。

それがうまくいって、彼は婿にきてくれました。

私は同居を願って、二階を造りました。

婿はその願いを受け入れて、結婚当初から同居です。

仕事は、ユアテックのままです。

現社長は、ユアテック勤務時は、現場を持ち、設計などをやっていました。

しかも大きな現場ばかりを担当していたのです。

それを私は、すぐにユアテックを退職して手伝ってくれとは言えませんでした。

それで、担当の仕事がちょうど良い区切りの時期を見計らって、会社を辞めてうちに来て欲しいと話をしたのです。

それを婿が快く受けてくれ、ユアテックも了承してくれました。

張山電氣も、大きな仕事をどんどん受注できるようになっている時代です。

会社を強靭《きょうじん》にするため、婿を専務に迎えることにしました。

専務が来てからも、次々と仕事の受注があり、専務を迎えたことで、さらに会社が右肩上がりで伸びていったのです。

そのお蔭で、会社は活気づいていきました。

私の気持ちも、専務に安心して会社を任せられると思うようになりました。

これは私にとって本当に有り難いことで、研究開発に集中することができたのです。

それまでは、早く社長業を降りて、研究開発に最後の力を集中したいと思っていたからです。

こうした心の余裕が、私を研究開発に集中させてくれたわけです。

それから間もなく、研究開発が実を結び製品が出来上がるようになりました。

その私の集大成が、今でも、あちこちで、使用されています。それが会社の安定にも繫《つな》がっています。

専務に社長を譲《ゆず》ったのは、今から七年前のことです。ちゃんとやってくれているので、譲って本当に良かったと思っています。

第七章　私の結婚、現在は三・五婦人と暮らす

仕事も家庭も全部ひっくるめて私の人生

これも前述しましたが、婦人について少し説明します。

三・五とは、三・五人目の婦人ということです。

一人目は第一婦人。離婚。

二人目は第二婦人。離婚。

三人目は籍を入れなかったので、〇・五婦人と呼んでいます。

それで四人目の現在の妻を、三・五婦人と言っています。


私は今、三・五婦人と穏やかに暮らしています。

このような時間が私に訪れるなんて、思ってもいませんでした。

はっきり言って、幸せです。

必死になって生きていたので、自分を顧みる時間がなかったのです。

この幸せを継続《けいぞく》させるために、最期まで元気で暮らす。

それが、他に迷惑をかけない生き方であり、社会に対する恩返しでもあると思っています。何より、自分自身が一番幸せなことだと考えます。

そのために私は、毎日、私流の健康体操をやっています。

これについては、最後に紹介します。

その前に、やはり私の結婚について触れたいと思います。

私は、二度離婚し、あと生活を共にした女性と別れています。

そんな話をすると、ほとんどの男性は「いいなあ」と言いますが、それが良かったのか、悪かったのかはそれぞれの感じ方だと思います。

昔、妾《めかけ》は男の甲斐性などと言われた時代もありました。

私の場合、今は三・五人目の婦人と生活をしているので、一般的には、なかなか体験できないことをやってきたことになります。

だから「いいなあ」と言われるのかもしれません。

しかし社会の目は、それをあまりよく評価しないようです。

一回離婚した人を、バツイチ（×一）と言います。

私の場合だと、×二・五（バツニイテンゴ）になります。

バツは×ですから、駄目ということです。

結婚には失敗した、という意味では、確かに×でしょう。でも、離婚した人が全て人生に失敗したとは限りません。

むしろ、新しい生活を始めて良くなった人もいます。

もちろん、転落した人もいます。

その差は何でしょうか。

私は自分の体験から、それは「生き方の差」だと思います。

私は、それを自慢しているのではありません。

身から出たさび。

自分が蒔いた種。

ということは良く分かっています。

ただその時は、そうするしかなかったと言ったら弁解になるでしょうか。少なくとも、いい加減な対処はしてこなかったと思っています。

それが後になって、やはり自分が蒔いた種であることを再認識しています。

そんなことを含めて、私の結婚にまつわる話を書きたいと思います。

結婚は、必ず相手がいます。

私が二人の関係を書けば、私の立場が強く出てくるのは避けられません。

どうかその点は、御了解願います。

作業していた電柱が倒れその下敷きに

ユアテックに入って約四年、私は大きな事故に遭いました。倒れてきた電柱の下敷きになり、死ぬか生きるかの怪我を負ったのです。

その頃は、寮に入っていました。

朝三時頃、寮に電話がきました。

車がぶつかって電柱が折れた。

すぐに復旧させたいので、出て来い、というのです。

現場に駆け付けると、まだ車はぶつかったままでした。助手席の人も、運転手も、はさまったままです。

車を引っ張ると、電柱が倒れるという危険状態だったのです。それで、我々が行くまで手が付けられずに待っていたわけです。

復旧の段取りしている間に、助手席の人が亡くなりました。

救急車が来ても、警察が来ても、手をつけられなかったのです。

我々が電柱を引っ張り出した時は、運転手も亡くなってしまいました。

折れた電柱を脇に寄せ、新しい電柱を建てる作業に入りました。

たまたまそこが砂利道で、足場が悪い状態でした。いくら掘っても、電柱を建てる穴が掘れないのです。

そのため、電柱を建てようにも、建てられません。

車の位置を動かしながら、穴を掘り続けました。しかし、電柱を建てるに十分な深さまで、掘ることができなかったのです。

でも、ある程度掘ったので、一応クレーンで電柱を穴に入れてみたら、電柱は、仮ですが建ちました。

それを確認したクレーンは、これでOKということで帰ってしまいました。

次は、電柱の上での作業です。

私が電柱の上で作業をしていたら、さーっと電柱が倒れた始めたではありませんか。電柱もろとも私は、真っ逆さまに田んぼの中に落ちてしまいました。

六月だったので、田んぼはちょうど苗を植えたばかりでした。

田んぼには、畦《あぜ》があります。不幸中の幸いというか、その畦に電柱の先端がかかったのです。

そのお蔭で、田んぼと電柱の間に少しだけ隙間ができたわけです。

そこに私が挟まれたことで、命は助かりました。

みんなが田んぼに入って、電柱を上げて私を引っ張り出したようです。

すぐ救急車で運ばれ入院。あっちこっちの骨が折れていました。畝《あぜ》がなければ、死んでいたところです。

大けがだったので、入院は二年もすることになりました。

第一婦人との出会い「付き合ってもらえませんか」

入院した時に、こんなことがありました。

うちのおばあちゃんが、占い師にみてもらったそうです。

お米をお皿に十粒ぐらい入れて、占うというものです。

占いを始めると、お米が真っ二つに割れてしまった。

しばらくすると、今度はその割れたお米がぴたっとくっついた。

それで占い師は、うちのおばあちゃんに、「あんたのとこで、誰か死にかかっただろう」と言われたそうです。それが、私だったわけです。

幸い、割れたお米がうまくくっついてくれた。それで、一回死にかかった私が、助かったというわけです。

そんなことってあるものなんですかね。不思議です。

さて、仕事で大怪我をして入院した私は、二十二歳。一年くらい経って、怪我も治り回復し始めていました。

その病院に、第一婦人が他の人の見舞いに来ており、その時に私を見て、好きになってしまったというのです。

それでなんと、看護師の詰所に電話をかけてきたのです。呼び出されて電話に出てみると、「付き合ってもらえませんか」というではありませんか。

私も特別な人もいなかったので、付き合い始め、毎日のように病院を抜け出して、彼女の所に通いました。


当時の私は、怪我をしたことで仕事にはもう戻れないと思っていました。休んでいる時間を利用して、何か自分ができる仕事はないかと考えました。バスの運転手でもやろうかと思って、二種の免許を取りました。トレーラーの二種の免許も取りました。

日本の車であれば、何でも乗れるような車の免許を取っています。

私は、国鉄でも、市営バスでも良かったのですが運転手になりたかった。しかし、バスの車掌をやらないと運転手にはなれないという。

昔は、バスに乗ると、車掌が鞄《かばん》をぶら下げて切符を切ったものです。私は、それが嫌だったのです。

結局、ぶらぶらしている間に、だんだん体の調子もよくなってきました。

会社からは現場に復帰してやったらいいと言われ、そうすることにしました。

嬉しかったです。

病院を抜け出しデート帰りのある日の出来事

彼女（第一婦人）の話に戻ります。

私は毎日のように病院を抜け出して、第一婦人の美容室に行っていました。

一年以上も入院していると、病院の勝手廻りが分かってきます。

夕方の検温が終わると、あとはただ病室にいるだけです。その時間を使って、病院を抜け出してデートしていたわけです。

夜になれば、病院も出入口の鍵を閉めます。デートを終えて病院に戻ってきた時に、入口の鍵がかかっていれば入れません。そこが知恵です。一年以上も入院していると、病院の勝手廻りが分かってきていました。どこのドアーが、何時まで鍵が開いているか。

また、どこのドアーの鍵が何時にかけられるか。

それらがだんだんと分かってきていました。

例えば、正面玄関は夜十時に鍵がかけられます。それまでに戻ってくれば、何事もなかったように病室に戻れるので、それからは、安心して病院を抜け出して第一婦人とデートを重ねることができました。

ところがあるデートの日、五分ぐらい帰りが遅くなってしまいました。夜十時五分、正面玄関に着いたのですが、鍵がかかっていたのです。

真面目な守衛さんが、ちょうど十時に鍵をかけてしまったわけです。

「あ、しまった」と思いましたが、鍵の開いている入口を見つけていたので、そこから入ることにしました。

実は、その入口は霊安室《れいあんしつ》につながっています。普段あまり使っていなく、鍵もかけられていません。

入口は地下二階にあり、階段も壁もコンクリートで作られており、以前、試しに降りてみたら、革靴のカカトの音が響いて不気味でした。

それで、そこを使いたくなかったけれど、病室に戻るにはそこしかありません。

病院まではタクシーで戻ってきていたのですが、たまたまその日は大雨でした。その階段の所まで屋根が無く、私は頭から体までずぶ濡れになってしまいました。仕方なく、そのまま、地下の入口まで降りたのです。

そのドアーは金属製でした。

普段、使っていないので、なかなか開きません。無理に開けようとすると、ギーギー、ギーギーと音が響きわたります。

でも開けられなければ入れないので、力いっぱいドアーを引っ張ったら開きました。開いたのはよかったのですが、中に入ったら目の前に静まりかえった人達が六〜七人いるではありませんか。

私は、誰もいないと思っていたのに、人がいたのです。またその人達も、突然、ずぶ濡れの男が入ってきた。お互いに、びっくりでした。

たまたまその日に亡くなられた方がおられ、そのご家族の方々がおられたわけです。

私は慌てて手を合わせて、自分の病室に戻りました。

今思えば、ご家族の方々に多大な失礼をしてしまいました。

お詫び申し上げます。

意を決して「できちゃった結婚」を計画

デートを重ねることで、私も彼女が好きになり、どうしても結婚したい気持ちになりました。そこで、彼女の親にその話をしに行きました。

彼女の父親は厳格な人で、結婚には大反対でした。

人相を見る人で、私の顔を見て気にいらなかったようです。

「純潔を守れよ。絶対手をつけるなよ、うちの娘には」

と言われてしまいました。

しかし私は、どうしても結婚したい。

そこで考えたのが、今でいう「できちゃった結婚」です。

結婚するまでは、純潔を守る。

彼女の父親に言われるまでもなく、私もそう思っていました。

しかし、どうしても好きな彼女と結婚したい。そちらの方の思いが強くなり、自分の意志で純潔の守りを破ったのです。

願い叶って、彼女に子供が宿りました。

こうなれば、いくら厳格《げんかく》な父親といえども反対はできないだろう。という読みがあったのです。

それは、こちらの勝手な思い。

父親にとっては、とんでもないことです。

でも父親には、子供を授かったことを報告しなければなりません。

私は計画通りなのですが、父親の怒る姿が目に浮かびました。

当然、叱られることは分かっています。

それを覚悟し、勇気を奮って父親に報告に行きました。案の定、家の天井が落ちてくるぐらいの大きな声で叱られました。

今でもその時の光景は鮮明に覚えています。

「あれほど純潔を守れと言ったのに、それも守れない。

それだけじゃない。内の娘は、木魚じゃないいんだぞ！」

というのです。

木魚？　と思っていたら、私の顔がエラ張りなので、そういう男は人を叩くというのが人相から読めるというのです。

いくら叱られても、子供が授かったからには、もう結婚するしかありません。

付き合いは、約二年、仕事に復帰してから二十五歳の時に結婚しました。

それで生まれたのが長男です。

この話を長男が知ったら、面白くないかもしれません。

でも、決して遊びや軽い気持ちではなかったことを分かって欲しい。

長男が授かったことで、私達は結婚できたのです。

その縁をつくってくれたのが、長男だったわけです。

私は、感謝しています。

その後、離婚して父親らしいことは何もできなかったと申し訳なく思っています。

共稼ぎ、二人の子育ては親に協力依頼

長男が生まれたのは、昭和四十五（一九七〇）年。
まだ私の給料は安い頃です。
第一婦人は美容室を経営しており、共稼ぎで生活していました。
出産が近くになり、店を休み、収入がなくなってしまいました。
それで第一婦人は、私の実家から助けてもらえないかと言うのです。
しかし私の実家は、お金を出せる状況でないことは分かっています。
それはできないと言うと、夫婦喧嘩が始まるのが常でした。
そんな状況が続きました。
少し落ちついて、やれやれと思っているところに長女を授かりました。
生活が苦しくとも、新しい命を粗末にするわけにはいきません。
昭和四十六（一九七一）年、長女の誕生は、嬉しいことでした。
一方で、我が家はまた大変な生活が始まりました。
私は、朝早くから夜遅くまで仕事。
第一婦人は、美容室の経営。

夫婦とも、子育ての時間がとれません。

それで、第一婦人の実家に二人の子供を預けることになりました。

私が会社へ出勤する前に、片道三十分かけて預けに行きました。

それが私の、毎日の日課でした。

サラリーマンの私は、普通なら夕方になれば自分の時間があるはずです。

でも私は、早朝から夜まで仕事をしていたので、ほとんど自分の時間はありませんでした。

日曜日となれば、第一婦人の実家が自営業だったので、手伝いにも行きました。

手伝いがない時は、子供達を海や山へ一人で連れて行っていました。

私一人というのは、第一婦人は美容院を経営していたからです。美容室の定休日は毎週月曜日、日曜日は仕事なのです。

必然的に、私が休みの日曜日は、私が子供二人をみていたということです。

私が、子供達と一緒にいたのはごく短い時間でした。

長男が小学校一年か二年頃まで、長女が幼稚園か小学校一年頃までです。

私三十四歳、ちょうどその頃、会社を立ち上げたのです。

朝、二時から三時の間には出かけ、夜の帰りは十一時頃です。ですから、事業を立ち上げてから子供の世話は、第一婦人がしていました。

美容室を経営しながらですから、大変だったと思います。

私が会社を立ち上げてからは、子供達の送り迎えはできなくなりました。それで、第一婦人の実家を建て替え、私達家族は同居を始めたのです。

第一婦人の実家の皆さんには、本当にお世話になりました。特に第一婦人の母親には、本当にお世話になりました。

子供達は、第一婦人の母さんに育てられたのも同然だと思っています。

長男は、現在（令和二年）、五十歳、長女は四十九歳。

第一婦人には、給与が安い時代から始まり、二人の子育てに苦労をかけ、私の独立にまた苦労をかけました。

幸い事業が、順調に成長してきてからは、経済的に、あまり苦労をさせなかったと思っていますが、今度は離婚となり、いろんな面で多大な苦労をかけました。

私の不徳の致すところです。

心から、お詫び申し上げます。

長女が海で溺れる

長男が五歳、長女が四歳の時、浅虫海岸に三人で行ったことがあります。

二人には、この岩場から動いては駄目と注意をしてから、私は海に潜って、魚や貝を採りに行きました。

しばらくして上ってきたら、長女の姿がないのです。

ビックリした私は、またすぐに海に入って潜りました。

動いてはいけないと注意した岩場の近くで、幸いにも見つけたのです。

長女は溺れていて、手をバタバタさせていました。

すぐに抱きかかえて、岩場へ引き揚げました。

一つ間違えば、長女は溺れて死んでいたことでしょう。

長女は、常にそういうところはありました。

長男とパソコン

その点長男は、そういうところはあまりありませんでした。

中学校一年の時、NECのパソコンを買って与えたことがあります。

でも、一つの約束をしました。

勉強をしないで、「パソコンばかりやっていては駄目だよ」と。

ところが、それまで良かった学校の成績が、どんどんと下がっていきました。

パソコンばかりやっていて、勉強をしなくなっていたのです。

私は、約束通りパソコンを取り上げて、押入に入れてしまいました。

その時に、再度約束をしました。

学校の成績が良くなれば、パソコンをやっても良いと。

今度は約束を守り、どんどん学校の成績が上ってきました。

それで、パソコンの使用を解禁しました。

長女の気持ちを汲み取れなかった出来事

今、思えば長女が中学一年生の頃だったと思います。

私は仕事が忙しくて、ほとんど家に帰らず、子供とも、ほとんど接していませんでした。

長女が突然会社へ来て、今日泊まって行くと言い出したのです。

私は、困ったなあと思いました。

その時、会社にあった布団は、一組だけでした。

いくら我が子でも、娘です。

一緒に、一つの布団に寝ることになる。

と迷ったからです。

でも、わざわざ会社に来て泊まっていくという娘の要望です。

布団がダブルだったので、大丈夫かと思い娘の要望を受け入れました。

いざ寝るとなると、親娘なので問題はないにしても、中学校一年の長女と寝るのは、かなり抵抗はありました。

それで、いくらダブルと言っても体が接触すればまずいと思って、長女と私の間に、毛布を丸めて境界を作って、寝たのです。

普通の父親と娘の関係であれば、その必要はなかったかもしれません。

でも、久しぶりに会った中学一年生の長女の要求に、考え過ぎてしまった。

私はあくまで「長女のため」と思ってやったことです。

ところが、長女にとっては、それが逆効果だったようです。今、考えると、毛布で境界を作ったことがいけなかった。

親であるなら、無条件で長女を受け入れればよかったのです。

私としては、そんな気持ちはなかったけど、結果として娘を拒否してしまった。

娘は、〝父親が自分の存在を認めてくれなかった〟と受け取ってしまい、寂しい思いをさせてしまったのです。

本当に、申し訳ないことをしてしまったと思っています。

それ以来、あんまり話をすることなく、長女の顔を忘れたような気がします。

それに女性でもあるし、化粧もしていると思います。

長女とどこかで会っても、分からないと思います。

第一婦人の妹と、話をする機会がありました。

私が青森市内を歩いている時に、長女が私を見たことがあったそうです。

私は、ぜんぜん分からなかったのですが、長女が第一婦人の妹に「今日、パパと遇った」と話をしていたそうです。

私は娘に気づかなかっただけで、決して知らんふりをしたわけではありません。

しかしそれが、もう完全に私（娘）は捨てられたと思ったみたいです。

その話を聞いた時は、私は胸が痛かったです。

自分の罪深さを知りました。

これも、私が蒔いた種です。

大変申し訳ないと思っています。

長男と長女

子供達二人には、三十年以上も会っていない気がします。

長男は、東北のどこかで大学関係の仕事をしていると聞いています。
長女は、栃木県のどこかにいると聞いています。
二人とも元気で頑張っていると、第一婦人の妹より聞いています。
五年前には、第一婦人と会いましたが、第一婦人も元気でおりました。
その第一婦人にも、苦労をかけました。
これも、全部私が蒔いた種です。
我が子と生き別れをしなければならない原因を作ったのも私です。
令和二（二〇二〇）年で、長男は五十歳、長女は四十九歳です。
考えてみればこの長い年月、私は何をしていたのだろうと、思います。
お金で苦労はさせなかったはずですが、父親としてはどうだったのか。
私の父親は、仕事をしないで子供や家族を貧乏生活に追いやりました。
そんな父親にはなりたくないと、私は思っていました。
それなのに、私もそれに似たような父親になっていたような気がします。
今になっては、どうにもなりません。
何かの機会があれば、会いたいですね。
会って詫びたい、という思いもあります。
私は、今年（令和二年）の八月で七十七歳です。

仮に会うことが可能なら、あと三年か五年の間に実現できたら良いと思います。

それ以後は、その時になってみないと分かりません。

というのは、私がどこまでこの元気を保つことができるかです。

よぼよぼになっていれば、私はその姿を見せたくないし、子供達も私のよぼよぼな姿など、見たくはないと思います。

そんなことを考えると、このまま会わないで、あの世へ行くのも一つの手かもしれないと思ってしまいます。

ここにきて、子供達に会いたいというのは、私の身勝手で、むしろ悲しい思いをさせてしまうかもしれません。

そうなれば、かえって申し訳ない。

心定まらずが、本音のところです。

四十四歳で始まったバツの私生活

二人の子供と一緒の時間を過ごしたのは、ほんの五～七年。それは、言い訳でも何でもありませんが、仕事に集中していたからです。

子供の頃に誓った、「こんな父親にはなりたくない」を守り、一生懸命に仕事を頑張ったのです。

とにかく真面目に働く。

働けば何とかなる。

それだけ考えて働き続けました。

三十四歳になって独立を勧められ、事業を立ち上げました。

独立によって、会社経営を軌道に乗せるためにまた頑張って十年間。早朝から夜まで、ずっと働き詰めでした。

四十四歳から会社の営業方針を変え、お客様の接待に力を入れ始めました。

夜の接待、そこから私生活の乱れが始まったような気がします。

とは言うものの、女の人との付き合いは、ほとんど相手の方から話がきて始まったような状況です。

私から声をかけたりした記憶は、あんまりありません。考えてみますと、数多くの女性からお誘いを受けていました。

四十四年間、真面目に生きてきたのが、一瞬の内に爆発してしまった。自分の意志というより、そのようになってしまったような気がします。

と言っても、爆発してしまったのは私自身です。

これが私の私生活の、バツの始まりであると思います。

第一婦人と別居、そして離婚

四十四歳で酒を飲み始め、第一婦人と別居となりました。

離婚の話が出て当然です。

第一婦人と離婚したのは、平成三（一九九一）年の私が四十八歳の時です。

離婚で、私は子供達と離れてしまいました。

その後は、二人がどうしているか、やはり気になります。

子供に対しては、どうしても心残りがあります。

私の離婚で、味わう必要のない物心両面での負担をかけたと思うからです。

第一婦人との離婚は、子供達には罪はないのです。

私が離婚の話で連絡をとっていたのは、第一婦人の妹です。

第一婦人が、美容室をやっていることは前述しました。

子育ては実家のお世話になったことも書きました。

その時に、第一婦人の妹に面倒をよくみてもらっていたのです。

私は、自分の都合で離婚するわけですから、第一婦人は気分が良くない。

また、美容室という仕事の関係で、時間調整が難しい。

そんなことで、妹と話を進めました。

現実は、なかなか離婚調停が進まない。

私が出した条件に不満足なのか、その理由は分かりませんでした。

でも、このままでは、いつ離婚の手続きができるか分からない。

自分の力だけでは、無理だと思い、弁護士に慰謝料などを決めてもらいました。

それが良かったのか、ようやく第一婦人側と和解できました。

慰謝料と、家を購入した借金の残金を払うことで合意し、離婚が成立しました。

慰謝料は、私の授業料だと思っています。

離婚というのは、誰でもその覚悟は必要になります。それを踏まえて行動に移さなければならないと思います。

離婚してから二十二年後に株譲渡交渉

離婚すると、様々な問題がついてまわります。

第一婦人との離婚は、私が四十八歳（平成三年）の時でした。

それから二十二年後、私は、前述のように会社経営を婿に委ねました。

平成二十五（二〇一三）年の私が六十九歳の時です。

それは、張山電氣の永続を願ってのことです。
そのためには、障害となることは解消していく必要があります。
その一つが、私の持ち株でした。
私が亡くなった時の相続人は、離婚しても変わらないのは子供達です。
後で問題が起こらないように、前もって相続を放棄してもらう。
そしてそれを、会社の名義にする。
そこで私は、株譲渡の交渉をしました。
第一婦人と第一婦人の妹、そして私との三人の話し合いでした。
株の譲渡なので、只というわけにはいきません。
子供一人当たりの額を、だいたい決めていました。
なぜ譲渡を願うのか、その理由を話し、額も提示しました。
幸い、話し合いはうまくいき、三人の間で合意することができたのです。
会社に戻り、今の社長に書類を作ってもらいました。
その後、書類とお金を持って妹に渡して、書類を待つだけになりました。
書類ができたら、取りにいくからとお願いしたのです。
ところが、なかなか連絡がこない。
そこで、催促の連絡をしてみたわけです。

なんと、妹が、掌《たなごころ》を反《かえ》して渡せないという。
三人で合意していたのに、なぜなのか。
しかし話を聞けば、もっともなこと。
全ては、私が蒔いた種が原因でした。
そう言われてしまえば、全くその通りです。
譲渡を願ったのは、会社の永続発展のためです。

第二婦人と結婚、その娘と同居生活

株の譲渡の話は、第二婦人と結婚してから十数年経ってのことです。
第二婦人は、会社の経理をしており、娘が一人いました。
結婚して、新しい家庭で同居生活が始まりました。
娘は、小学校を卒業して中学校へ入学する時期でした。
思春期の女の子なので、どういう対応をしたら良いか分かりませんでした。
とにかく、何でも三人で話し合いながら物事を進めていくことにしました。
それも、何をするにも娘を中心に考えていく。
そうしているうちに、少しずつ距離が近くなった様な気がしてきました。

高校に入学する頃からは、普通の親子になった様な気がします。
まっすぐな気持ちの娘なので、話をする時はかなり気をつけました。
物事を相談すると、的確な答えが返ってくる。
なかなか、しっかりした娘なのです。
娘を受け入れて、本当に良かったと思っています。
私としては、家庭を大事にした生活でした。
最近、連れ子の問題で事件が発生しています。
今の世の中は、結婚もするけど、離婚も多くなっています。
また再婚する人も、多くなっています。
再婚の場合、相手に連れ子がいる人も多くなっています。
二人だけの生活を望んでも、連れ子がいたらそれはできません。
私の体験ですが、連れ子を受け入れる覚悟がないと駄目かと思います。
自分の子供でも、反抗期になればどうにもなりません。
連れ子のある方と再婚するのであれば、受け入れるしかないと思います。
私の場合は、幸いうまくいきました。
娘が短大を出て二年後、二十四歳の時に今の社長を婿に迎えました。

我が家では犬が家族を一つにしてくれた

今、思えば家の中で犬を飼ったのが良かったと思います。

ゴールデンレトリバーの雌《めす》二匹です。

二匹は親子で、名前はハナとウメ。ハナが親で、その子供がウメです。

ハナが家に来たのは、生まれて四十五日目頃です。

小さくて可愛くて、とても外で飼うことができなかった。

とりあえず玄関に段ボールを置いて、そこで生活させることにしました。

ご存知のように、日に日に大きくなっていきます。

一つの段ボールでは足りなくなり、二つ合わせてもまた足りなくなり、約一坪位の家を増築してしまいました。

そうこうしているうちに、発情期がきました。

最初はよく分からず、見送り。

三人で相談し、次の発情期に結婚させることにしました。

お相手を見つけなければなりません。

ある日、ハナの散歩コースに、私が考えているピッタリのゴールデンレトリバーが現れたのです。

大きな体で、色つやも良く、毛も長い。すぐにその方にお願いしたら、突然にも拘わらずOKを頂きました。

それから三〜四ヵ月後、ハナに発情期がきたので相手方に連絡すると、すぐに雄《おす》のゴールデンを、連れて来て頂きました。

雄は本気になっていましたが、ハナはその気にならない。駄目でした。

でも、このまま終わるわけにはいかない。

今度は、獣医さんにお願いすることにしました。

ハナも、しぶしぶでしたが受け入れてくれました。

昔、人間も、親が決めた結婚がこうであったかと思いました。

考えてみると、私の家は身分が高い家庭でもないし上流家庭でもありませんが、しかしゴールデンのハナは、貴婦人みたいな顔をして美しさがありました。

それから二ヵ月後、出産が始まり、家族三人で五匹、取り上げました。

順調に出産が終わって、親子共々元気で終わったことは何よりでした。

いつも我が家では、犬が話題になっており、娘も、大学の勉強がありながら一生懸命に世話をしていました。

これで家族が、一つになれたのかなと思います。

動物で人間が癒される

家族で話し合って、一匹だけ残して四匹は手放すことにしました。

手放すに適当な時期は、生後、四十日~五十日の間と言われています。

一匹、二匹、三匹といなくなり、二匹残りました。

最後に迎えに来た人に、ぜひ可愛がってくださいとお願いし、「どちらかを選んでください」と言ったら、色の黒い醜《みにく》い子供が、スリッパ入れの下にもぐってしまいました。

なかなか、出てこない。

本当は、そちらを希望していたようですが、「もう一匹の方を連れて行ってください」とお願いしました。

皆、良い家の人達に迎えられ、幸せな時を過ごしていると思っています。

我が家には、ハナと、最後に残った子供が一匹となりました。

その子供を、ウメと命名したわけです。

ウメも六ヵ月過ぎから、散歩に出かけるようになりました。

ゴールデン親子の散歩コースに、県立弘前中央高校があり、テニスコートもありました。

散歩の歩道には、ツツジの植え込みがあります。

そこにテニスの練習中に飛んできたボールが残っているのです。

今も、そのテニスコートがあるのかなあ。

ウメがそのボール見つけて、次々と拾ってくるようになったのです。

親のハナは、今まで何回も散歩にきましたが、全然興味はありませんでした。

二十個ぐらい貯まってから、きれいに洗って乾かします。

それを散歩の時に持って出て、歩道よりコートの中へ投げてやりました。

不思議そうに私の顔を見ていたウメの姿を、今も鮮明に思い出されます。

それからウメは、毎回、テニスボールを拾うようになりました。

褒めてやると、それが嬉しいらしく、また拾ってくるのです。

そんなある日のこと、思わぬことをウメがやってしまいました。

ハナもウメも家の中で飼っていました。

散歩が終わると、必ず体を洗ってから家に入れます。

親のハナを洗っている時、傍にいると思っていたウメがいない。

ちょっとした隙間に抜け出してしまった。

そして、向かいの家のニワトリのチャボを銜《くわ》えてきたのです。

ビックリして、「何やってる」と怒ったら、その場へポトンと落しました。

チャボが動かない。

私は、どう向いの旦那さんに謝ればいいのかと困ってしまいました。

とりあえず、チャボを抱いて謝りに行きました。

旦那さんは「大丈夫だよ」と言って、私が下に置いたチャボを、ホーキでポンと叩いたのです。

すると、チャボがよちよち歩き出した。

ビックリしましたが、一安心しました。

後で、ケーキを持ってお詫びに上りました。

一件落着ですが、今も当時を思い出すと迷惑をかけたと思っています。

今では、ハナが亡くなり、ウメも亡くなりました。

あまりの悲しさに、今度は犬を飼わないと決めていました。

ところが、八戸の保健所で白いラブラドールが捕獲され、二〜三日で殺処分されるという話がきたのです。

八戸から弘前まで届けてくれるということで、また飼うことにしました。

ラブラドールレトリバーの白色で、可愛い犬でした。

我が家では、三匹目の犬なので、三太郎と命名しました。
今度は、家の外で飼うことにして、一坪の三太郎の家を新築しました。
私は、最後まで世話をしていません。
今も元気でいるのかな。
生きていれば十五〜六歳になるかと思います。
家にいる時、三太郎に教えた芸が一つだけあります。
「三太郎ゴロン」と言えば、大きな体をしてひっくり返ります。
楽しい思い出の一つです。
こうして振り返ってみると、動物で人間が癒される。
人間と人間、家族と家族を繋ぐ役目をしてくれるのだと思います。

第二婦人との離婚は一旦棚上げ

こうした思い出もあり、第二婦人と離婚するなど思ってもいませんでした。
二人で力を合わせて会社を盛り上げてきました。
新しい家も造りました。
お陰様で、会社の後継者もできました。

なのに、また離婚となってしまいました。
それは、第二婦人と約十年暮らして別居したことがきっかけです。
別居を始めたのは、平成二十三（二〇一一）年、東日本大震災の年です。
離婚について、娘と第二婦人と私の三人で話し合いました。
第二婦人は、弁護士を立てて慰謝料請求をするということでした。
私は「分かった」ということでバッグ一つ持って家を出たわけです。
しかし、半年待っても、一年待っても慰謝料の請求が来ません。
第二婦人とは同じ会社ですが、第二婦人は本社、私は支店です。
会社でも、第二婦人と会う機会が少ないわけです。
たまたま仕事のことで、話す機会がありました。
仕事の話が終わってから、「ところで離婚の話どうなったんだ」と聞いてみた。
「なに、別れねばならない理由があるの」と逆に聞いてきました。
「いや、今は何もないけれども、慰謝料請求すると言っていたので……」
「そう言ったけど、別れる理由がないなら、今のままでいいよ」
という話になり、離婚の話は消え慰謝料の請求の件もなくなりました。
でも別居は続いています。
それで私は、「そのかわり、私の歩く道路を塞ぐなよ」と言いました。

私は条件に出したわけです。いたずらすることは駄目ということを、私は条件に出したわけです。第二婦人も「わかった」ということで、お互いが了解。仕事は同じ会社、生活は別居という形です。

○・五婦人と生活を始め、五年後に三・五婦人と出会う

別居の私は、自分の身の回りのことを一人では何もできない。食事など、世話をしてくれる人がいないと本当に駄目なのです。仕事は寝ないでもやれるけれども、一人では暮らせないわけです。そうこうしていて、別居してから約一年が経ちました。新しい女性と縁ができて、一緒に生活を始めたのです。生活を支えてもらえるので、大いに助かりました。その女性が、第三の女性です。結婚しなかったので、私は○・五婦人と称しています。一緒に暮らし始めたことは、自然と第二婦人にも知れました。しかし、私が出した条件があったので何も言ってきませんでした。今度は、○・五婦人と暮らして約五年が経ってのこと。

私に、また新たな出会いがあったのです。
現在の家内です（三・五婦人と称しています）。
彼女（三・五婦人）は、店も持って、歌手をやっている人でした。
私は、結構飲みに歩いていたので、いろんな店に行っていました。
たまたまその店に行ったことから、度々行くようになりました。
そのうち彼女に、惹かれてしまったのです。
○・五婦人と一緒に暮らしてはいるけど、結婚はできない人でした。
これを機会に、彼女（三・五婦人）と結婚しようと思いました。
○・五婦人に話をしたところ、すんなりと聞き入れてくれました。
一方で、第二婦人とは、まだ籍はそのままになっています。
第二婦人と離婚しなければ、新たに結婚はできません。
そこで私は、大きな決断を迫られることになりました。

三・五婦人との結婚を考え第二婦人と離婚

第二婦人とは、意見の相違で不幸にも離婚することになりました。
当たり前ですが、離婚など考えずに一緒に頑張ってきました。

会社を盛り上げてきてもらったのも、県内で上位の会社になったのも、第二婦人の頑張りがあってのことです。

苦しい時もありましたが、ここまでこられたことに私も満足しています。

お陰様と、感謝しています。

更に、第二婦人の娘の婿が現在の社長です。

また、私が亡くなったら財産は全部家内に行くようにしていました。

それが離婚ということになったので、「不幸にも」と表現しました。

これもまた、私が蒔いた種ということになります。

第二婦人と別居し、〇・五婦人と生活していたところに、今度は、三・五婦人が出てきたのです。

しかも、結婚したいと考えたわけです。

結婚するには、第二婦人と離婚しなければできない。

離婚となると、またいろいろと処理しなければならない。

それも、自分一人の判断ではできない。

今まで積み上げてきたものを、失うことにもなる。

その代償は、自分が背負わなければならない。

まさに自業自得です。

自分が蒔いた種なので、自分で刈り取るしかありません。

弘前の一等地に、かなり広い土地があります。

その名義を第二婦人に変えました。

そこに家を建て、本社もあります。

第二婦人に多くの財産が渡りました。

格好良く言えば、第二婦人への相続と考えていた財産が、離婚によって、早まったということです。

願うは会社の発展と皆の幸せ

私は、結婚、離婚を繰り返してきました。

それによって、得るものはある訳ですが、同時に失うものもありました。

また、離婚によって目に見ない心配や苦労をかけてきたと思っています。

それは私の我儘《わがまま》から発生していますが、私は鬼でもなく、蛇でもなく、普通の人間の心を持っていると思っています。

一緒に暮らしてきた、皆の幸せを心から願っています。

それと、心に強くあるのは、創業した会社の発展永続です。

それを見届けるには、自分の命が永遠でなければならない。

しかしそれは、誰もが分かるように、一〇〇%叶いません。

ならば、それを誰かに代わってもらう。

代ってもらう人に、自分の願いを叶えてもらうしかありません。

それが、私が元気の間に、会社を後継者に譲った理由です。

自分が老いて、動けない状態で財産を譲らざるを得なくなったら、おそらく、自分の財産が奪われてしまう感じがすると思います。

現に、それで失敗した人を私は見ています。

死ぬ時には、何もあの世に持っていくことはできません。

それが分かると、自然と今までお世話になった方々に感謝し、社会にも恩返しする気持ちになってきます。

人として生まれ、人生の後半にくると、その方が幸せを感じると私は思います。

私は会社を離れているので、なおその気持ちが強くなっています。

その点、第二婦人はまだ現職です。

毎日、ご苦労様です。

会社を支えてくれていることに、感謝しています。

会社は、多くの人の生活を支えています。

逆に言えば、会社を支えてくれているのは社員です。

社員が喜んで仕事をする。

そういう会社が、発展すると思っています。

幸い社長は、第二婦人の娘の婿さんです。

社長への応援は、我が子への応援、社員への応援となります。

社長は、私の上をはるかに越えて仕事をしています。

安心して見守ってもらうことが、社長の更なる頑張りに繋がるはずです。

そうなれば、社員も喜んで頑張ってくれます。

これからも、体に十分気を付けて、孫達の為に長生きして老後を楽しんでください。

そして、少し早いですが、社長もこれから頑張って、力のある内に、会社を三代目に渡してください。

今後とも、安定した会社として築き上げて行くことを希望します。

第二婦人に伝えたい。

長い間、ありがとうございました。

○・五婦人

第二婦人との別居期間は約十年間。

別居を始めて一年ぐらい経ってから、○・五婦人と一緒に生活を始めました。

その間、私の世話をして頂いたことに感謝申し上げます。

約五年間の生活であったかと思います。
○・五婦人は、離婚しており子供もいました。
それなりに苦労をしてきた人でした。

私は彼女に、生活全般、いろいろ面倒をみてもらいました。

私の方も、彼女のためにいろいろやってきました。

何か問題があった時には、必ず私が正面に立ち、彼女を正面に立たせませんでした。

それだけは胸を張っていうことができます。

いろいろあって、あなたとは結婚できませんでしたが、五年間は二人にとり、それなりに楽しい人生であったかと思います。

彼女の子供達も、私の所に遊びにきていました。子供達は皆、独立をしています。

これから長い人生において、さまざまなことがあると思います。

あなたの行動力、テキパキの判断を出し切れば、良い結果が生れると思います。

頑張ってください。

ありがとうございます。

第三・五婦人

第二婦人と別居し、〇・五婦人と約五年の生活する中で、三・五婦人と出会いました。どちらからともなく、お付き合いすることになりました。

第二婦人と離婚したのが二年前。

すぐに三・五婦人を籍に入れ、青森県藤崎町で二人の生活を始めました。自分達の城を持って、おだやかな生活を送っています。

家の中にはカラオケ設備があります。最高の音質を楽しめるスピーカー、器材を取り揃えています。

若い頃、ステレオを買って音楽も聞いたけど、満足な音に巡り合わなく、残念な気持ちでいた時もありました。

今、自宅に最高の設備をしたので、大満足しています。

私の趣味は、音楽鑑賞と映画鑑賞、カラオケや音楽鑑賞、映画鑑賞を楽しんでいるところです。

人生の最後に、自分の満足する趣味にありつけたことに感謝です。

現在の妻は、今も歌手として頑張っています。

関東、東北、北海道各地で活動しており、CD六枚、アルバム一枚を出しています。

自宅のカラオケルームは、妻の歌の練習所として、カラオケ教室としても、使用しているところです。

妻は、カラオケ教室の希望者には、ワンポイントアドバイスを行っています。

年老いて自分の趣味を満喫して、穏やかな生活を送りながら、人生を終わって行けたらと思っています。

とりあえずあと十三年、九十歳までと考えています。

それが過ぎたら、その段階でまた考えます。

カラオケ、音楽鑑賞、映画鑑賞などが楽しめる自宅のシアタールーム全景

お年寄りの仕事、それは健康維持

お年寄りの仕事とは何か。
それは、健康であり続けることです。
健康であればこそ、人生の楽しみも満喫できます。
私の場合、若い頃に頑張ってきたことが良かったと思っています。
体も命も、天からの授かりものと受けとめています。
授かりものであれば、なおのこと、自分を大切にしなければなりません。
それが、お年寄りの仕事ということです。
まずは、健康維持に努める。
私は、独自の健康体操を編み出し、毎日継続してやっています。
心掛けていることは、
楽しいことはするけれども、
楽《らく》をすることはしない。
ということです。
自分の体を使って、できるだけ動くようにする。

これだけ頑張ったから、これで良いと思わないようにする。
これから何をするかを、常に考えて行動する。
これが、張山國男の生き方です。
張山國男の健康維持法、生き方を第八章で紹介します。

第八章　お年寄りは元気で暮らすことが仕事

「生かされては　生きたくない」

「生かされては　生きたくない」は、本書のタイトルです。

私が、今、一番強く思っている生き方です。

子供時代に体験した悲しい出来事は、弟が生まれて一ヵ月で亡くなったことです。

死亡届を役所に提出するために、死んだ弟をおんぶして行った姉は、一番上の長女で、当時は十四歳でした。

その姉が今は八十歳を超え、寝たきりの状態で生かされています。

何も分からないで、胃ろうで生きているのです。

自分一人の力では、生きることができないということです。

それによって、確かに命は長らえています。

でもそれは、人工的に生かされているだけです。

私は、そのような姿で、生かされては生きたくない、と思っています。

この私の言い方に、違和感《いわかん》を持つ人がいるかもしれません。

なぜなら、「生かされている」という言い方は日常良く使われているからです。

例えば、難局や死の淵から立ち上がった人達は、「私は、生かされている」と、良く口にするからです。

また、「生かされている」から感謝しようという言い方もあります。

というように、「生かされている」という言い方は聞き慣れています。

それで、「生かされては　生きたくない」という言い方に、何かヘンだと感じる人がいるのではと思ったわけです。

私がここで言う、生かされては生きたくないとは、歳老いて体が動けなくなり、私の姉みたいに胃ろうで生きていたり、誰に何をされているかも分からず、会いに行った人が誰かも分からず、周りの人達のお世話にならなければ、生きていけないというような生き方は、私はしたくないということです。

延命治療はしたくない、しなくてよいと三・五婦人に言っています。

あくまで、私の考え方、生き方と思ってください。

言葉を換えれば、自分の意思で自分の生き方を決めるということです。

これは私だけではなく、今の日本人に必要な生き方だと思っています。

それに対し私は、具体的に何をしているか。

それが、この第八章のテーマになっています。

誤解なきよう再度申し添えます。この考え方、生き方は、あくまで私が思っていることであって、難病、重病の方々とは別の話です。

生と死の分岐点

今は深夜一時、これを書いています。

今日は、深夜十二時に目が覚めました。

夢で、「人生の生と死の分岐点を設定する」というお知らせがあったのです。

「生と死の分岐点」とは、人生において「生」の方向を選択するか、「死」の方向を選択するかの分かれ目があるということです。ここでは、「生」の方向を右、「死」の方向を左とします。

また、ここでの「生」とは、自分の人生を健康で生きようとしている人のことであり、「死」とは自分の人生を健康で生きようとしない人のことです。

私は、「生かされて、生きたくない」ので、健康で生きることを目指しています。左右の選択で言えば、右を選択しています。左の選択はしたくないのです。

それは、人工的に生かされたくはないということです。ですから私は、妻に延命治療はしなくて良いと伝えています。

その覚悟を持って、人生の最期まで元気に生きる努力をしています。

体が弱ってから、何かを始めるのでは遅すぎます。

大事なことは、元気な時に始めることです。

これには、意志力が必要です。元気な時は、一回ぐらいやらなくていいだろうと怠け心が出るからです。

目指すのは健康寿命で、一生を終えるということです。

現代は、平均寿命が延び、人生一〇〇年時代に入っています。

寿命が延びることは、喜ばしいことです。

しかし、いたずらに平均寿命が延びるだけなら、人工的に生かされて生きている人が増え、医療費の件でも、介護の問題でも、負担が増えるだけです。

そうならないためには、皆が健康で元気でいることです。

健康寿命を延ばしていくことが大事なのです。

そのためには、自分を自分で、コントロールする。

自分が元気な時に、元気を保つため何かを始める。

私は長生きする為に、とにかく内臓に無理をかけないようにしています。

食べ物、食生活に気を付けています。

内臓を悪くしなければ、何とかなると思っています。

今の日本を見ると、食べないで死んで行く人は少ないと思います。

多くの方は、飲み過ぎ、食べ過ぎで、体を悪くしていると思います。今は、手を伸ばせば飲み物、食べ物が届く時代になっているからです。

元気で暮らし平均寿命と健康寿命の差を縮める

二〇一九年、厚生労働省のまとめでは、日本人の平均寿命が伸びたことで、日本の一〇〇歳以上の人口は七万一千二三八人だそうです。

女性八八・一％、男性一一・九％、圧倒的に女性が多くなっています。

これが、二〇五〇年には、国連の推計で、日本の一〇〇歳以上の人口は、一〇〇万人を突破する見込みだそうです。

日本の医療費は、年々と増加しています。

平成二十八（二〇一六）年の医療費は約四十二兆円、そのうち後期高齢医者（七十五歳以上）が占める割合は三三％（約十四兆円）。

今のままでは、寿命が延びることで、後期高齢医者が占める医療費の額も割合も、大きく増えていくことは間違いありません。

大事なのは、単に平均寿命が延びることではなくて、健康寿命を延ばすことです。平均寿命と健康寿命の差を縮めるのです。

そうでなければ、医療費は破綻してしまいます。そうなれば、老後の幸せなど、とても無理です。

治安が悪くなり、生活も大変な時代になるかもしれません。

だからこそ、最期まで元気で暮らし、医療費の面でも、負担をかけないように生きなければなりません。

それが、生かされて生きるのではなく、自分で生きて行くことです。

健康であれば、医療費削減に寄与します。

それが「生と死の分岐点」の、「右へ行く」ということです。

私は、九〇歳まで生きることは、そんなに難しいとは思っていません。

それが一〇〇歳までとなれば、かなりの強い覚悟が必要と思います。

だから、今、私は頑張っているわけです。

私の当面の目標は満九十歳まで元気で生きる

現在（二〇二〇年）私は、八月七日で満七十七歳です。

私の人生の目標として、九十歳まで元気にいると決めています。

あと十三年で、満九十歳になります。

私は年老いてから、楽《らく》をしようと思っていました。

会社を経営して四十一年間、自分でも良く頑張ってきたと思います。
気が付いたら、七十五歳まで働いていました。
人生の後半になって、楽《らく》しようという考えが変わりました。
お年寄りの仕事として、元気で生きることが大事だと分かったからです。
その理由については、前述の通りです。
まずは、私自身がそれを実行する。
私の当面の目標は、満九十歳まで元気で生きることです。
私は起業してから毎日、夜中の二時か三時に必ず起床していました。
それを四十三年間、続けて参りました。
その起床時間は、今も変わりません。しかし、その後から変わっています。
現在は、次のようにやっています。
風呂を沸かし、米を研ぎ、朝御飯の準備をします。
朝三時三十分頃になったら、コンビニまで新聞を車で買いに行きます。
コンビニまで二～三㎞、往復で四～六㎞あります。
車を使うのは、運転の感覚を頭と体に覚えさせるためです。
運転は、頭だけで覚えても、体だけ覚えても駄目です。
頭と体と両方で覚えていないと、お年寄りの運転は危険です。

新聞を買うという目的を作って、毎日車を運転するわけです。

一週間も二週間も運転しないで、久し振りに運転する人もいると思います。

若い時は問題がなかったのに、お年寄りになると、どうしても頭と体が一つにならなくなるものです。

私はそれが心配で、毎日運転して頭と体と感覚を覚えさせているのです。

運転免許を返納する動きもありますが、今の私の生活では車が必要です。なので感覚が鈍らないように、毎日運転するようにしているわけです。

お蔭で、どこまで運転しても今のところ大丈夫です。

朝御飯の準備は、妻に求めず自分でやります。

自分でできることは、よほどでない限り相手に求めないで、自分でやる、体を動かす、頭を使う、ことをやっています。

これは、お年寄りが元気で過ごすための仕事だと思っています。

もう歳だからと、体を動かさなくなると、だんだんと弱っていきます。

だから、自分でできることは何でもやる。

人生の分岐点として、私自身がそのように設定してやっているわけです。

風呂で「五十音」「いろは」を大きな声で発声する

コンビニで新聞を購入して、戻ってきたら風呂に入ります。

その場合、必ず何かにつかまって入ります。

風呂の中で転ぶと大変なことになるので、これだけは気を付けています。

風呂に入る前に、血圧測定を毎日続けてしています。

結果は、順調です。

風呂に入っている時間は、全部で約四十分。

まず、洗い場で洗い終わって、最後に蹲踞《そんきょ》の姿勢をとります。

少し熱めのお湯をお尻にシャワーでかけます。温度は、約四十三度ぐらいです。

出口をきれいにするためです。

それには、私なりの理由があるからです。

私が健康について、毎日気を付けていることは、「口」と「お尻」です。

口は、毎食後、歯みがきをしてきれいにしています。

ウンチした後に、切れたとか、かゆいとか、少し変だと思ったら、座薬をさすことにしているのです。

蹲踞の姿勢で、お尻に少し熱めのお湯をシャワーでかける

私はあまり便秘もないし、いつも快適に過ごしています。

話は飛びましたが、蹲踞の姿勢で五十音を発声します。

「あいうえお、かきくけこ……らりるれろ、わ、を、ん」を二回。

時間で、一分ちょっとになります。

普段、五十音を発声することがないので、後半部は忘れていたりします。

それを思い出しながら発声することで、頭の体操にもなるわけです。

大事なのは、はっきりと声を出すこと。

歳を取ってくると、はっきりと声を出す機会はめったにありません。

声を出すというのは、代謝《たいしゃ》が良くなり元気が出ます。
まとめると、蹲踞の姿勢は足腰を鍛えます。
声を出すことで、脳にも口にも刺激を与えます。
頭と体が同時に鍛えられ、長生きできる状態になります。
ちゃんと自分で生きることができる、健康体になるのです。
しかしこれは、まことに単純なことなので、継続が難しい。
私は、自分でやると決めたので、やり続けています。
蹲踞の姿勢は、膝が痛いとできません。
私は、やり始めて膝は大丈夫になりました。
それが終わったら、湯舟に入ります。
今度は、「いろはにほへと……ゑひもせす　ん」を、大きな声で二回繰り返します。
これも二回繰り返すと、約一分ちょっとです。
それが終わったら、風呂より上がります。
そして小体操（私が編み出した健康体操）をやります。

私が毎日実践している小体操

①〜⑤までの五種類の小体操をやります。写真で説明していきます。

①肩の体操として、右腕を前に五回、後ろに五回、輪を描くように回す。その時左手で右肩をもむ。次は反対、左の肩を同じ要領で行う。

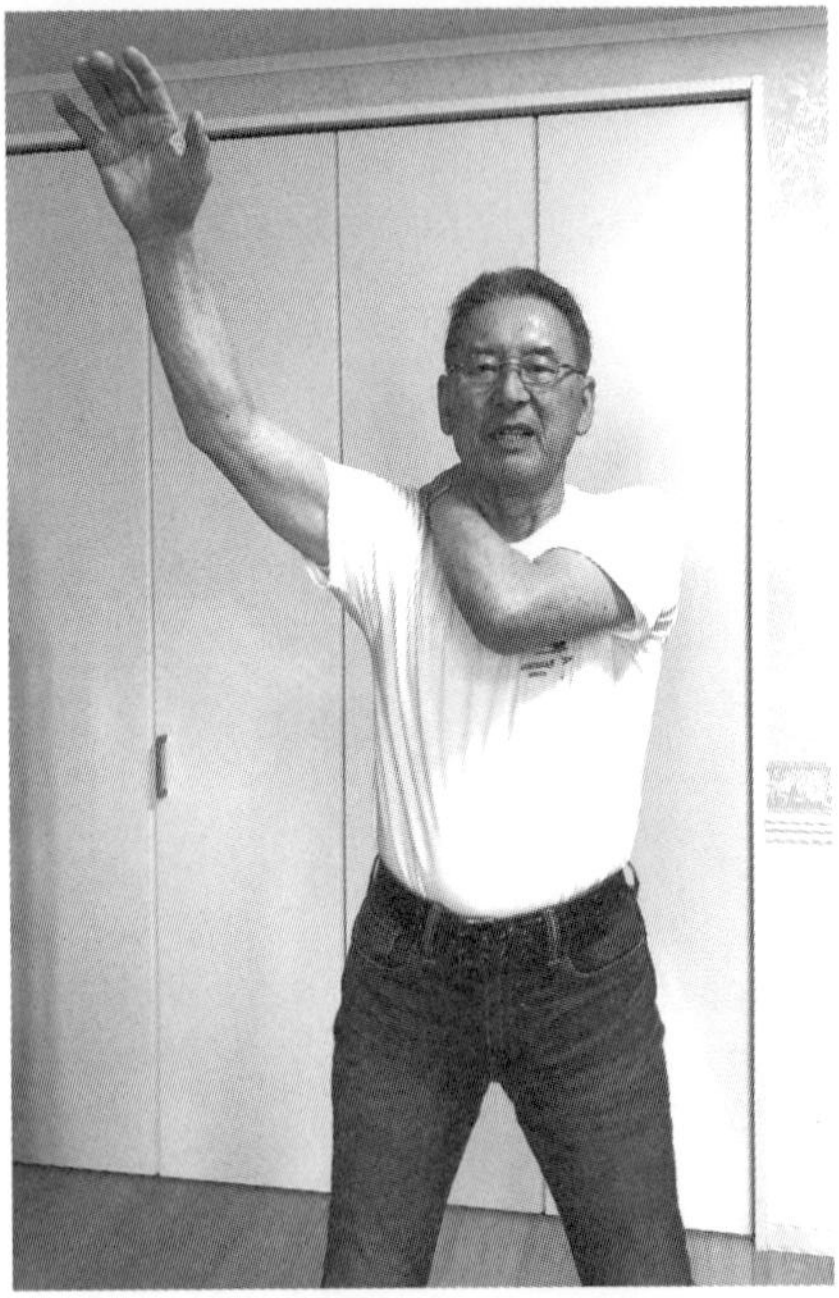

左の手を右肩に置く。腕を前回し５回、後ろ回し５回。終わったら右腕と同じように左腕を回転させる

右肩に左手を置き、腕を回しながら肩を揉（も）む様子（左腕を回す時は、右手で左肩を揉む）

②首の体操として、頭を左からと右から回す。
これを五回繰り返す。
大きく輪を描くような気持ちで回す。

首回しを始める時の姿勢。腰に両手を添える

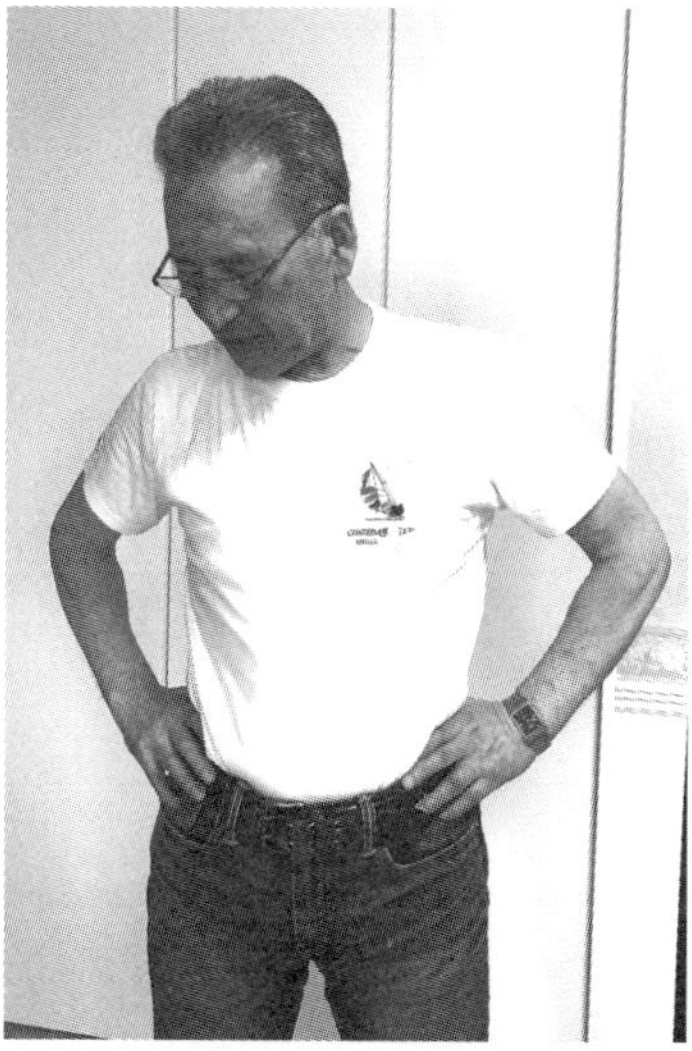

次に右から回す　これを一回として５回繰り返す

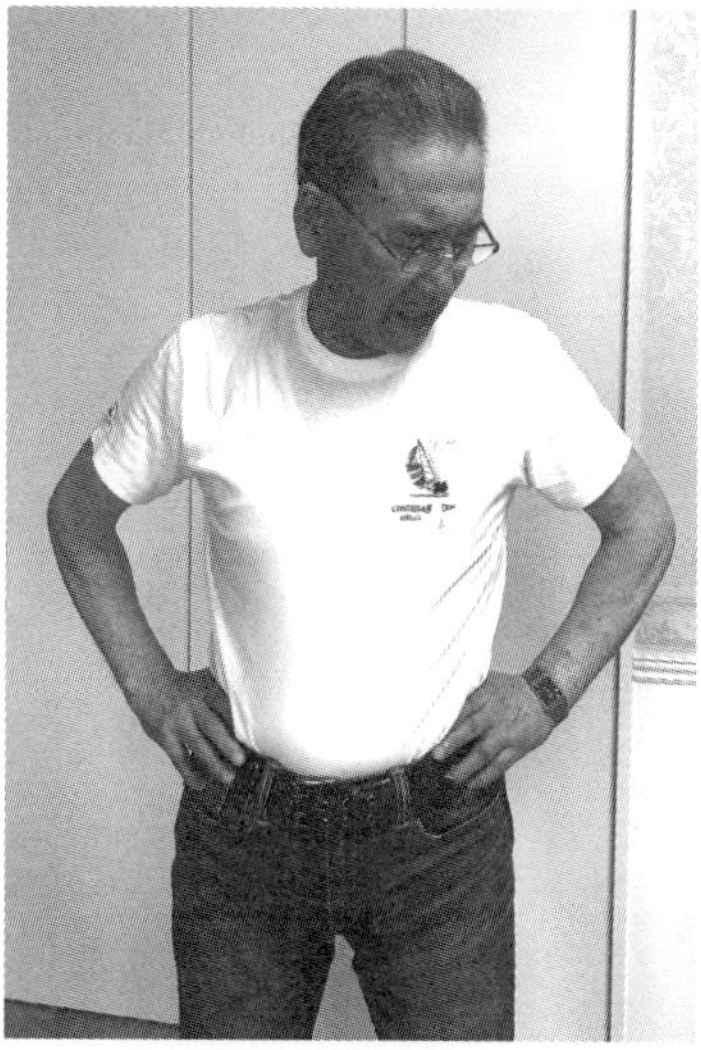

頭を左から輪を描くように回す

③腰の運動、立って左右、体を大きくひねる。これを五回繰り返す。

最初の姿勢　ここから腕を左の方から後ろの方に回す

腕が上にきた様子　ここから腕を回しながら下までいき、次は右から回す
これを五回繰り返す

④腰の運動です。

④－1　椅子に座って腹の所で手を組み、上体を左右に回す。

最初に、両手を腹の前で組む

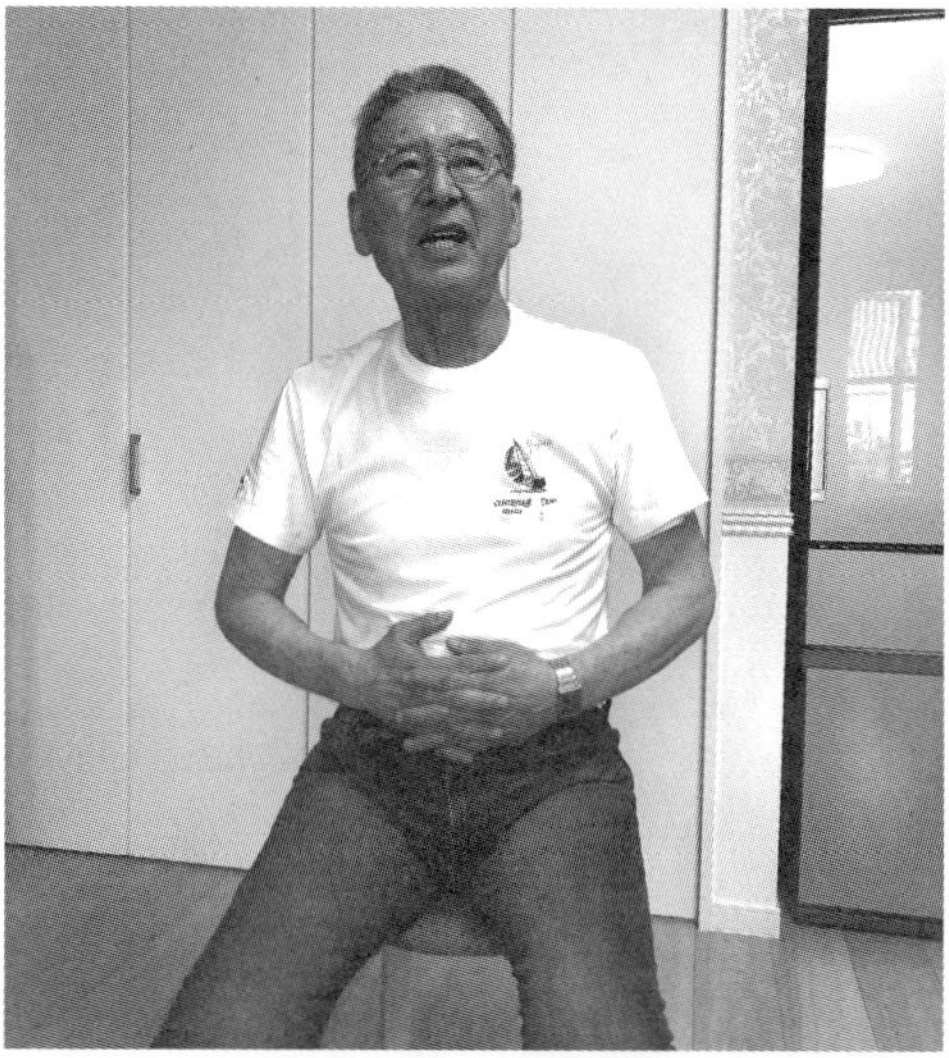

腰回しの最初の姿勢　手を腹の前に組む

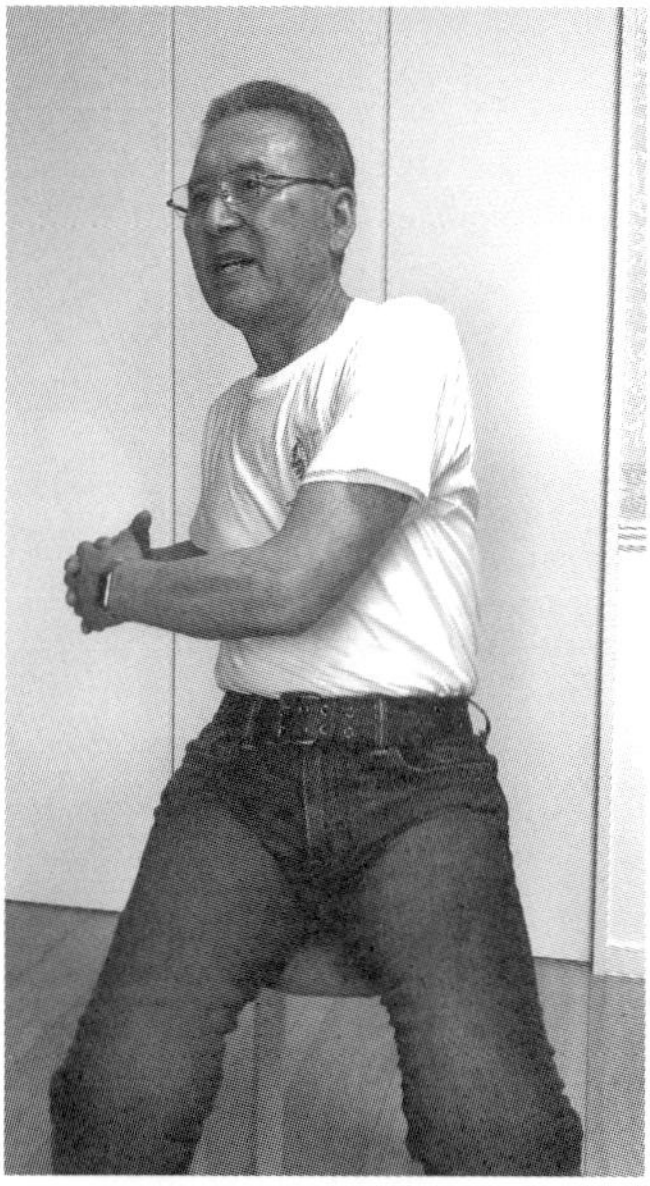

次に右にひねる
右、左と繰り返す

手を組んだまま体を
左にひねる

④-2　この時、手を組んだまま左右に腰を回すだけでなく、背骨を中心に順次、上の方に移動させる。

ひねる位置を背骨の上の方に順次移動させる

右、左とひねりを繰り返す時、背骨が中心になっていること

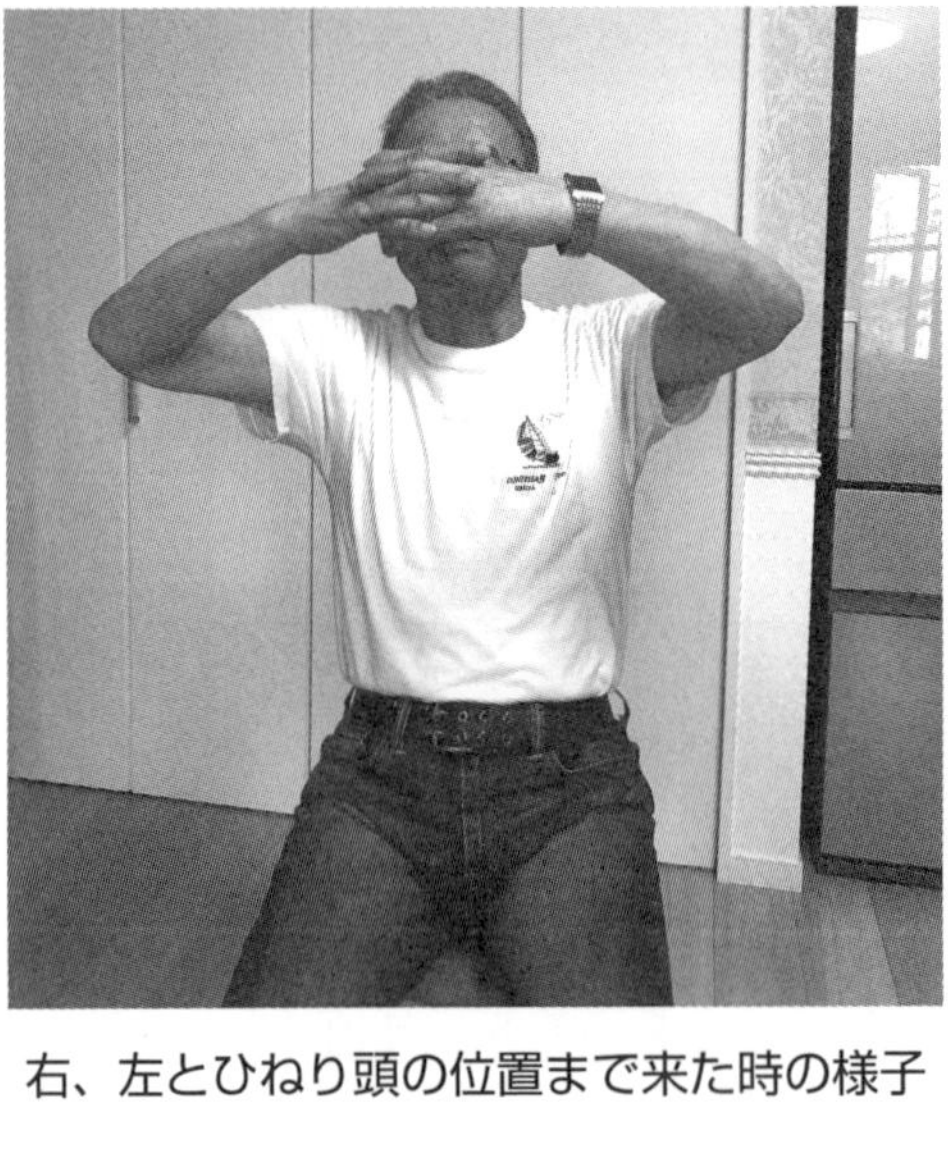

右、左とひねり頭の位置まで来た時の様子

④-3　背骨を中心に左右に回しながら上に移動させ、最後は背伸びする感じのところまで持っていく。

背骨を中心に左右に回し、ここまで上げた形。

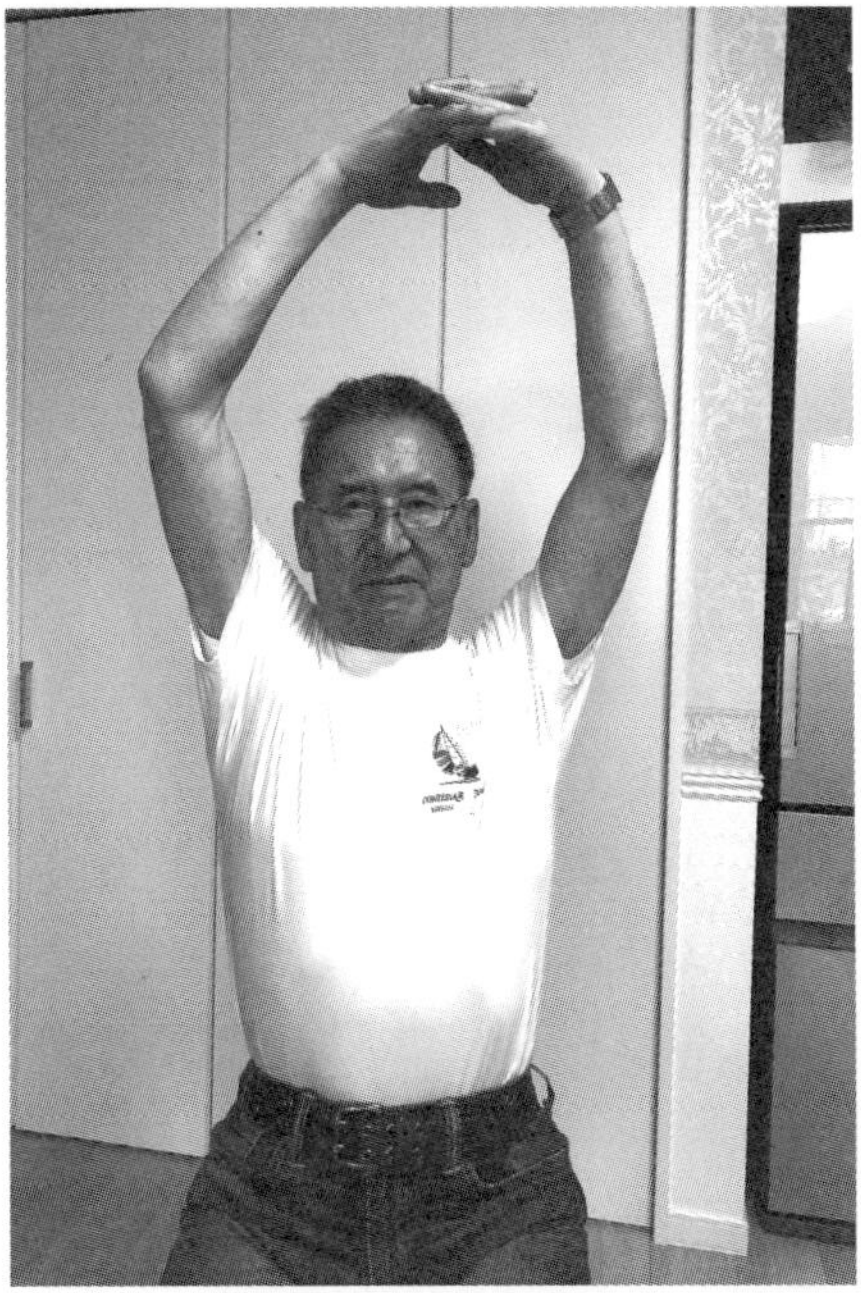

右、左とひねりながら最後は背伸びする感じのところまでいく

横から見ると、背骨がまっすぐ伸びている。

その時の背筋は、真っ直ぐになっていること

④—4　今度は逆に、頭の方から腹の方に、左右に回しながら、組んだ手が腹の前にくるまでやる。これを一セットとして三回繰り返す。

上まで行った組んだ手を、今度は左、右とひねりながら徐々に下の方に移行させる

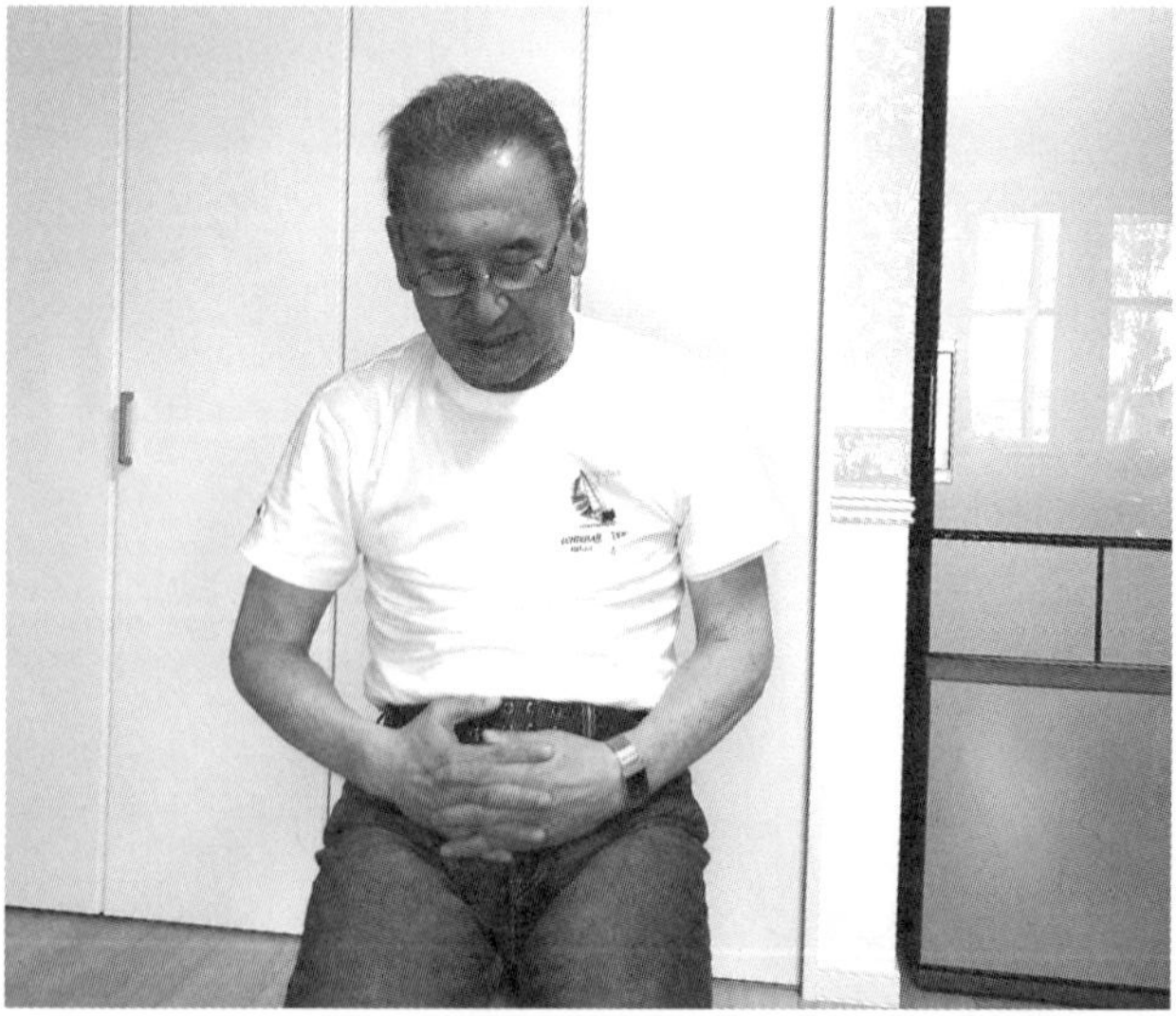

腹の部分まできたら終わり　これを３回繰り返す

⑤スクワットは、深く腰を下ろしてから立つ。これを十五回行っています。

スクワットの最初の様子　しっかりと腰を落す

スクワットで立ち上がった様子　これを 15 回繰り返す

この小体操の注意点は、無理に回したりしないこと。

肩でも、首でも、腰でも、体に効いてと感じる回し方をする。

そうすると、気持ちよくなり、継続してやれます。

小体操は、八分~十分でできます。

お蔭で私は、何年もギックリ腰になったことはありません。

五十肩、六十肩もありません。

膝のスクワット、完全に座って(ウンチの姿勢)十五回やるようにしています。

ただ悪いところがある方は、無理しないように、その時の体の調子に合わせて、行うようにしてください。

私はサプリメントを飲まなくとも、肩、膝、肘、腰、首、手首、足首、どこも痛いところがありません。

私は、この小体操が効果を挙げていると思っています。

冬の雪かたづけなども、自由にできています。

痛い所がないということは、自分が一番良い気分でいられます。

また家族の方にも良いことです。

家族が外出する際、お年寄りが元気であれば、安心して家において出かけられます。

お年寄りが家にいれば、孫も学校から帰って来ても心配ありません。

家族の方は、自分達の仕事ができます。

お年寄りの元気は、周りの人に喜んでもらえるのです。

歳を取ってやることがない、なんて嘘です。

元気でいることで、皆さんに喜んでもらえる。

お年寄りには、お年寄りだからこそできる働きがあるのです。

元気にいることが、お年寄りの仕事なのです。

それが、国家社会にも役立つ。

なので、元気にいることはお年寄りの役割でもあると私は思うのです。

小体操を終えてから、神棚、仏壇の水を取り替えて拝み、朝食です。

この流れが、私が自分で設定した人生の分岐点なのです。


ちなみに小体操は、私が病気治療やリハビリ、体のケアなどで経験した中から、私流に編み出したものです。

私は、死ぬか生きるかの怪我をしたり、胃がん、心臓病、仕事中で危機一髪の時もありました。

そういう体験から、健康でいられるには、どうしたら良いか。

そんな思いから、健康体操を考えたわけです。

できれば、これを多くの人に伝えたいと思っています。
人は誰でも、やればいいことは分かっても、一人だと継続ができません。
町の公民館などで、これができれば、みんな一緒にやって元気になれます。

胃がんで三分の二を削除、幸い転移なし

今から二十二年前の平成十年、私にがんが見つかり、すぐに、手術ということで入院することになりました。

会社の方は、現場を管理している人間一人だけに知らせて、兄妹にも知らせず、入院しました。

従業員には「船で世界一周の旅行へ行く」と伝えました。

ちょうど年末で、正月をかけての手術、「順調に行けば、二週間ぐらいで退院できます」という説明を受けたので、手術を受けることにしたのです。

私が、長期で会社を休むことなど、全くありませんでした。

それで、会社を休む理由を「世界旅行」と、ウソをついたのです。

手術は無事に終わり、退院できました。

そして三週間ぐらい経ってから、会社に行きました。

当たり前ですが、私の顔色が今までとはまるで違う。
まさしく、病人の顔だったと思います。
それで従業員も、私が病気であることが分かったようです。
その当時、社長が病気のことを隠す傾向がありました。
他社に自分の会社の弱みを見せたくない、という思いがあったからだと思います。
手術は、大学病院で受けました。
病名は、胃がん。相当進行していたようです。
そのため、胃のほとんどを取って、三分の一も残りませんでした。
幸い、転移はありませんでした。
胃の多くを取ったのは、スキルス胃がんだったからです。
スキルス胃がんとは、がんが胃の皮膚に張り付いているので、発見が難しいのです。
そのために胃の多くを失いましたが、それが幸いだったとも言えます。
転移もなく、再発がなかったからです。
手術を終えて五年後も再発はなく、今は悪いところはありません。
今は、もう完治しています。

兄が無呼吸で亡くなり定期検診を始める

私が会社を始めてから、三歳上の兄貴が仕事を手伝ってくれました。

六十歳で定年退職するまで、十六年ぐらい一緒でした。

子供の時、子供が増えてきて食えなくなったことは前述しました。

大黒柱が働かなきゃいかん、というのは二人とも骨身に染みていました。

ちゃんと食べている家は、そこの親父が一生懸命働いている。

うちの親父だけは、ちゃらんぽらんで働かない。

それは、とても嫌なことでしたが、働けばなんとかなる。

子供心に、そういう感覚はありました。

私も褒められたものではないけど、子供としては、自分の父親、母親を誇りたい気持ちがあります。

私の父親は、とても自慢できる親ではありませんでした。

それは、子供心にとてもつらいものでした。

父親を反面教師として、兄貴も私も一生懸命に働きました。

その兄が、無呼吸で、不整脈もありました。

無呼吸なので、息が止まります。

心臓に負担がかかり、不整脈が起きます。

すると今度は、脳梗塞が起きるわけです。

兄貴は、無呼吸症候群で、自宅で亡くなりました。

私達にしてみれば、突然死みたいな感じですが、定期検診を受診していれば、早めに病気が見つかり防げたという。

検診を受けないで、そのままにしていた場合、脳梗塞になる確率が高いそうです。

兄貴のことがあってから、私は毎年三月に心臓の検診を病院で受けています。

それが、幸いしました。

私にも兄貴と同じ心臓の病気が見つかった

不整脈だけは絶対起こされない。

そう思って毎年、定期検診を受けていました。

そのお陰で、兄貴と同じ心臓の病気が見つかりました。

定期検診をしていなければ、急逝したかもしれません。

私は命拾いをして、九死に一生を得ることができたのです。

定期検診の大切さを、身をもって感じました。

私の心臓病には、次の四つがありました。

①発作性心房細動
②発作性心房粗動
③徐脈頻脈症候群
④睡眠時無呼吸症候群

検診で病気を見つけてくれた弘前の畑山医院の先生には適切な対応をして頂き、即大学病院に紹介して頂きました。

それが良かったと思っており、感謝しています。
①の発作性心房細動と、②の発作性心房粗動は、カテーテルを入れて処置すれば、大丈夫ということでした。
手術で、カテーテルを入れてもらいました。

心房細動の病気の人は、健康の人と比較して、脳梗塞になる確率が五倍多いと言われています。

また、心房細動による脳梗塞は、血栓が脳の血管の根元で詰まることが多い為、半身麻痺などの重症になりやすいと病院の先生が言っていました。

これで、まず一安心と思っていたら、今度は、すぐにペースメーカー入れないと駄目と言われました。

それは、③の徐脈頻脈症候群で、不整脈があるということです。

不整脈が、悪化すれば脳梗塞になってしまいます。

長嶋さんみたいな感じになり、半身不随になるのです。

そうはならずに済んだのは、定期的に検診していたからです。

今は、手術でペースメーカーを植え込みしています。

ペースメーカーがきちんと動いてさえいてくれれば、まず大丈夫です。

お蔭で、不整脈の方は、今は治まっています。

電池で動いているので、九ヵ月ごとにチェックしています。

胃がんの再発もなく、不整脈も治った今、私には、まだやるべきことがあると受け止めています。

私にもあった無呼吸 CPAP治療で改善

兄貴は、無呼吸で亡くなっていますが、私にも無呼吸がありました。

もし不整脈の持ち主であれば、十分気を付けないといけないと言われ、定期検診を始めたわけですが、私は両方あったわけです。

寝ている間に、呼吸が止まってしまうのです。

心臓に負担がかかります。

大きないびきをかきます。

夜中に、何回も目が覚めます。

夜中に、トイレに何回か行きます。

それら睡眠時無呼吸症候群を治療するのが、ＣＰＡＰという機械です。

現在も、私はＣＰＡＰ治療を続けています。

ＣＰＡＰを寝る前につけます。

鼻にエアー（酸素）を送る機械なので、完全に口は閉じており、口呼吸はありません。

呼吸がすごく安定し、脈拍も落ち着きます。付けていれば、安定して寝ることができます。

注意すればするほど、健康になっていきます。

この治療によって、無呼吸がほとんど出ません。

いびきもなく、夜中のトイレも行かなくなりました。

朝までトイレで起きることがなく、六、七時間ぐっすり寝ています。

口呼吸がないので、鼻からきれいな空気を吸うことで、肺も健康になっているようです。ハウスダストが肺の中に入ってこず、肺が守られます。

ほこりはいっぱいあっても、これをやっていれば寝ているあいだは大丈夫です。

今迄は、夜中に必ず二回ぐらい起きて、トイレに行っていました。

トイレに行きたくなって、目が覚めると思っていました。

考えてみると、それは間違っていました。

呼吸が止まるので、酸素が入ってこなくなり苦しくなって目が覚めていたのです。

今は夜中に、一回も起きません。

六時間も、七時間も寝っぱなしで、目覚めれば朝の二時や三時です。

血圧も常に正常で、それを毎日記録しています。

もう、何年も続けています。

ＣＰＡＰは医療器具で、機械込みで一ヵ月の使用料が総額四五〇〇円かかります。

今までは会社勤めで給料が高かったので、個人負担は三割でしたが、今年（二〇二〇年）の六月を過ぎたので一割の一五〇〇円になりました。

私は重症だったので、無呼吸で一晩に三十回も止まり、一分半ぐらい止まる時もありました。

それが今は、解消しています。

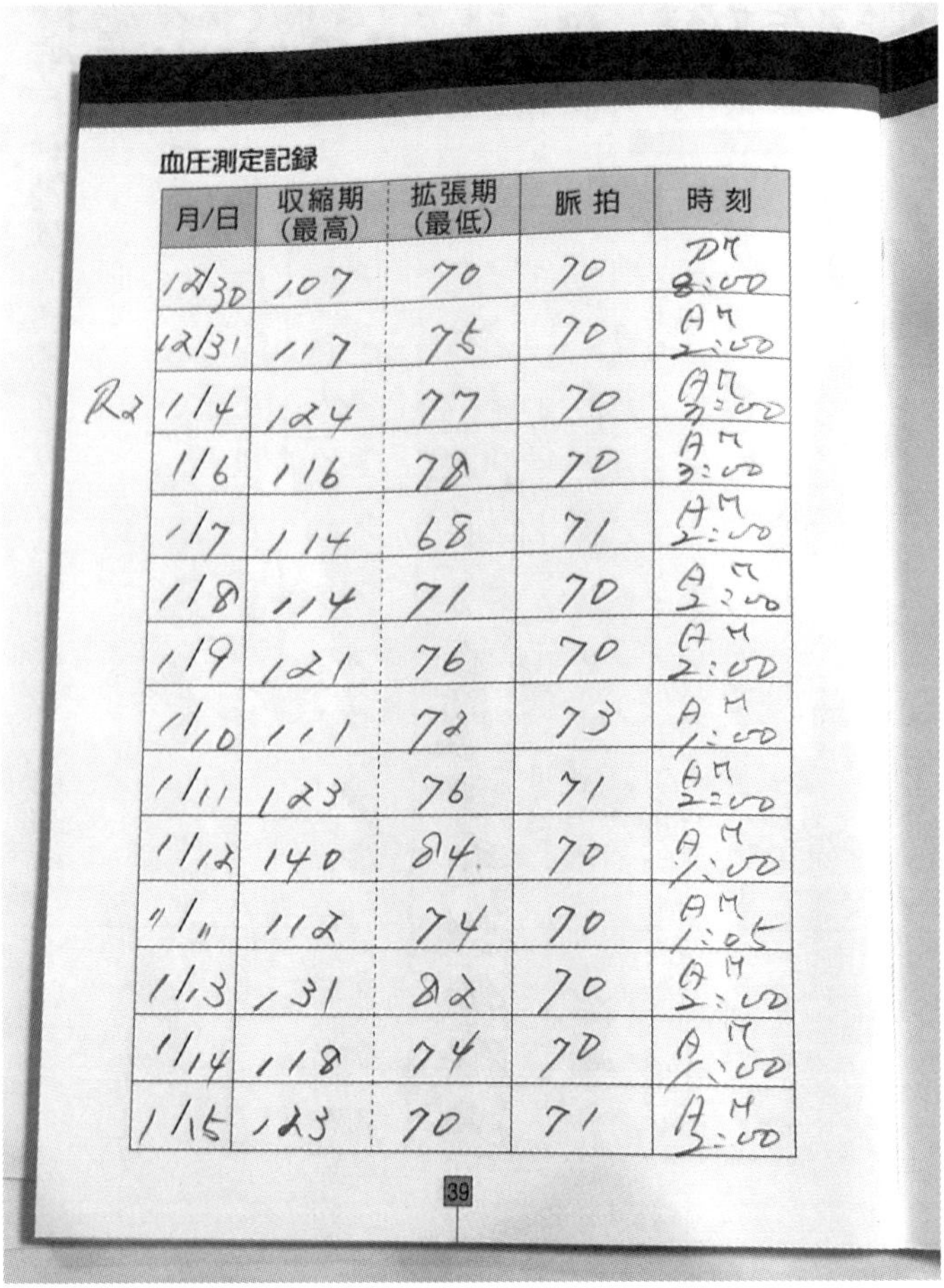

血圧測定記録

	月/日	収縮期（最高）	拡張期（最低）	脈拍	時刻
	12/30	107	70	70	PM 2:00
	12/31	117	75	70	AM 2:00
R2	1/4	124	77	70	AM 2:00
	1/6	116	78	70	AM 3:00
	1/7	114	68	71	AM 2:00
	1/8	114	71	70	AM 2:00
	1/9	121	76	70	AM 2:00
	1/10	111	72	73	AM 1:00
	1/11	123	76	71	AM 2:00
	1/12	140	84	70	AM 1:00
	1/11	112	74	70	AM 1:05
	1/13	131	82	70	AM 2:00
	1/14	118	74	70	AM 1:00
	1/15	123	70	71	AM 2:00

39

健康を考えて毎日実践している小体操で、血圧は安定（毎日測定）

心臓予防のために特別ドリンクを飲む

心臓予防のために、毎朝、特製ドリンクを作って飲んでいます。

トマトジュースにオリーブオイルを大さじ一杯入れます。

それを、コップ一杯飲んでいるのです。

なぜ、トマトジュースにオリーブオイルなのか。

私の家の隣の畑のお父さんが、心臓に病気がありました。

自分の家から畑まで、三〇〇mくらい離れている。

畑まで行くのに、何回も休まないと畑まで行けない。

そこで、お父さんが看護師である娘さんに相談したところ、トマトジュースにオリーブオイルを入れて飲むことを勧められた。

試して飲んでいたら、休まずに行けるようになったと教えて頂いたのです。

私は、息切れはないですが、予防のために飲んでいます。

これ以上、心臓の病気が起こらないように気をつけているわけです。

令和二（二〇二〇）年二月五日、弘前大学で診察がありました。

心臓の方は順調で、今度は一年に一回で大丈夫ということです。

令和三（二〇二一）年三月の予約をして来ました。

私は現在、早急に治療しなくてはならない病気はありません。

この良い状態を保っています。

ならば安心。

ではなくて、良い時だからこそ。今の状態を保つことをやっていく。

それを私は、今が自分の人生の分岐点だと考えたわけです。

それで、元気で暮らす小体操を毎日継続しています。

今の身体の状況から、九十歳まで生きると判断しています。

何回も言いますが、生きるということで大事なのは、周りの方々に迷惑をかけないで、自分で普通に生活できるということです。

私は、まだまだ人生の途中だと思っています。

七十七年間の人生を振り返って見ると、怪我をしたり、病気をしたり、離婚もあったりで、さまざまなことがありました。

それでも会社経営が順調にこられたのは、何かに守られていた気がします。

そう思うと、感謝しかありません。

終　章　私の人生の分岐点で思うこと

子供時代に生き方の基本を身につけた

ここまで、私の人生を振り返り、高齢者の努めとして、先ずは九十歳まで元気で生きようと、日々健康のための小体操を実践し、楽しく、穏やかに生活しています。

まとめて言うと、いろいろあったけど、これが私の人生ということです。

振り返ってみると、私には大きな人生の分岐点があったことに気づきました。

もちろんその時々は、それが人生の分岐点だとは思ってもいません。

ただただ置かれた立場で、そうせざるを得なかった。

または、自分の思いを実現するために必死だった、からです。

しかし今回、本を書きながら感じたのは、分岐点というのは自分の人生を決める、とても大事な別れ道だということです。

人生は、よく選択の連続だと言われます。

迷った時、苦しい時、自分はどちらの道を選択するのか。

それによって、人生は変わる。

その転換となるのが、分岐点です。

ただ選択と言えば、自分の意志でどの道を選ぶかを決定することです。

ところが人生では、自分の意志で決めることができない場合があります。

その時は、自分の選択肢はありません。

私は、貧乏な家に生まれました。

小学生の時には、丁稚奉公に出されています。

私には選択の道は無く、その環境で生活するしかありませんでした。

昔、不良少年が「生んでくれとは頼んでもいないのに、勝手に生みやがって」と、親に反発する姿がありました。

気持ちは分かりますが、親を恨んで何か良いことはあるでしょうか。悪いのは何でも他人、という考えになるのではないかと心配でした。

そうなってしまうと、何でも他人を責める人生になってしまうからです。

また、こういう話も聞きます。

「子供は、親を選んで生まれてくる」と。

それを信じるか、信じないかは別として、生まれてきた事実は厳然としてあり、そこで私は暮らすしかなかったわけです。

その中で、祖父、祖母、両親の姿を見ながら、いろいろ感じました。

その結論が「(仕事をしない)父親のようにはならない」だったわけです。

祖父や母は、その分、頑張って私達子供を育ててくれました。

その姿があったからこそ、私は親を怨《うら》むことなく、仕事を頑張る方に進むことができたと思っています。

また丁稚奉公では、子供でも子供なりの仕事ができることを知りました。自分の意志では選択できない環境で、私は、自分の生き方の基本を身につけたと思っています。

そのことが、私の人生の分岐点で、役立ちました。

「三つ子の魂百まで」という言葉があります。

幼い時に身につけたものは、なかなか直らない。

なので、幼い時に躾をきちんとしましょう。

ということになりますが、父は反面教師、祖父と母は良き師となって、私を導いてくれたと思っています。

高校進学を諦めざるを得なかったことが第一の分岐点

幼い時に、働くことの大切さを知った私は、中学校に進みました。その時、高校へ進学できるのだろうかと考えました。

家の経済状態から、なんとなくですが無理だろうという感じはありました。

でも、できれば高校へ行きたい。そんな気持ちで、受験に向けた勉強は一応していました。

ところが、現実はやはり厳しかった。

私にとって、人生の分岐点となる出来事がありました。

中学校二年生の時です。

母から「お金がないので高校にはやれない」と言われてしまったのです。

しかし私は進学を諦めきれず、勉強だけは続けていました。

ところが今度は、中学校三年の夏休みの時です。

姉から「無理」と言われてしまったのです。

家の状態から言えば、仕方がないことです。

そこで私は、完全に高校進学を諦めざるを得ませんでした。

小さい頃から機械いじりが好きだった私は、どんな仕組みになっているんだろうと、興味が湧く子供でした。

家にある置き時計は、何度も分解しては壊していました。

分解してから元に戻すわけですが、それが動かなくなってしまう。

部品を残したまま、組み立ててしまったりするわけです。

そうして機械をいじっているうちに、今度は車に興味を持つようになりました。

もし高校に行っていたら、工業高校の機械科を選択していたと思います。

しかし、母と姉の言葉で高校進学は叶いませんでした。

ちょうど高校進学を諦めた頃に、東北電力関係の仕事をしている方から、「中学校を終わったら、家《うち》の会社に来ないか」と誘われました。

私はその社長に「中学校を卒業したら宜しくお願いします」と返答し、約束通り卒業して、その会社に就職しました。

高校の進学を諦め、あれだけ好きだった車や機械からも離れ、自分の一生の仕事となる、電気関係の仕事に就いたわけです。

これが私の、第一回目の大きな人生の分岐点になりました。

就職して三年後に第二の分岐点があった

私は右も左も分からないまま、電気工事の仕事に就き、先輩に指導してもらいながら、仕事を覚えていきました。

三年を経過した時に、今度は第二の人生の分岐点がやってきました。

東北電力の方から、転職の勧めがあったのです。

転職先は、東北電気工事株式会社、現在の株式会社ユアテックです。

私は、転職すべきかを考えました。

ようやく仕事を覚えてきて、一人で仕事ができるようになっていたし、新しい会社に行けば、また新入社員として働くことになります。

それでも転職するか……。

しかし大きな会社に行けば、さらに大きな仕事もできるはず。

新たな道を選択するのは、夢があります。

そう思って、転職を決意しました。

やはり、新しい所に行けば新人。

厳しいこともありましたが、私が自分で決めた道です。

一生懸命にやるしかない。

と思って、先輩に叱られながら頑張りました。

そして二年ぐらい経って、ようやく、一人前の電気工として認めて頂けるようになりました。

そうなると今度は、自分の型を作って、どうすれば仕事がうまくいか、それを考えて作業するようになりました。

それによって私の仕事も上達し、人の上にも立つようになったのです。

何かあると「張山、頼むぞ」と言われるようになり、出張要員、転勤要員として働くようになりました。

それは、出張先でも、転勤先でも、すぐに仕事を任せられるという証です。

会社から、そう思ってもらえるのは嬉しいことで励みにもなっていました。

十七年後には独立という分岐点がやってきた

そうやって株式会社ユアテックに勤めて約十七年。

私に、大きな、大きな転機がやってきました。

会社の方から、会社を退職して事業を興さないかと言われたのです。

これが、私にとって第三の分岐点となりました。

事業を興すには、まず資金の問題があります。

次に、その事業を継続していけるかの問題があります。

そしてまた、安定して生活できる状態を、自ら手放すことでもありました。

当時は私の給与で、家族が生活できるようになっていたのです。

独立するとなれば、その立場を捨てることになるので、当然ながら第一婦人は、独立に反対でした。

資金も、有りません。

しかし私は、そうした状況を分かりながらも、安定した会社勤務より、厳しい独立の道を選んだのです。

まさに、鯛の尻尾《しっぽ》から鰯《いわし》の頭への変身です。

「十年間やれば、なんとかなる」

というのが私の考えでした。

だから必死で頑張りました。

有り難いことに、会社は徐々に明るさが見えるようになりました。

だんだんと右肩上がりに会社が良くなっていったのです。年間売上が最高で十六億円を超えるところまで伸ばしました。

それに驕《おご》ることなく、会社が経営的に安定するよう手も打ちました。

それによって私は、大きなことへの挑戦を決断できたのです。

それが、物造り開発です。

それで出来上がったのが、前述で詳しく紹介した特許製品などです。

機械いじりが好きだった私は、この物造り開発で、中学校の頃に描いていた夢が、叶ったような気がしています。

本当に、不思議です。

やはり、頑張ってきたお土産なのかもしれません。

分岐点で何を選択するかで人生が変わる

こうして見てくると、私には間違いなく分岐点があったことが分かります。

そして、その分岐点から、人生が変わっていく。

いうなれば、分岐点でどの道を選ぶかで自分の一生が決まるわけです。

もちろんそれは、その道を選んだからには、その道で頑張る必要があります。

そうでなければ、選択は正しくとも、期待する結果は出ないからです。

私の場合、幼い時に身につけた「頑張って働く」ことが、良い結果をもたらしてくれたと思っています。

私が中学校の時、高校に進学できる家庭環境であれば、私は工業高校の機械科に進学していたでしょう。

就職も電気工事ではなく、鉄工所関係の仕事に就いたと思います。

それが叶わず、私が進んだ道は電気工事でした。

そして電気工事の仕事に励み、物造り開発をするようになりました。

不思議というか、それによって電気工事に使用する工作機械を、自分で設計し、それをメーカーに作ってもらいました。

開発にはお金はかかりましたが、私の好きな機械造りができたのです。

いずれにせよ、分岐点によって私の人生は変わってきました。

義務教育は小学校六年、中学校三年、この九年間で勉強するか、しないか。

それによって、人生は左右されます。

また、高校に行くのか、行かないのか。

行くとして、どこの高校に行って何を学ぶのか。

さらに大学に行くのであれば何を専攻するのか。

それによって、人生は変わっていきます。

私の知人の子供が、ロボットの研究をしたいと、第一希望として大阪大学を受験したそうです。

それから早稲田大学を受験し、東北大学も受験。結果は、大阪大学と東北大学は合格。早稲田大学は補欠だったそうです。

そしてその子は、第一希望ではなく東北大学を選択したそうです。その選択が、その子の人生をつくっていくわけです。

これも分岐点の一つかと思います。その子が大阪大学へ進学していたら、どうなっているだろうと思います。これがまさしく、人生の分岐点と言えるわけです。

自分の選んだ道を一生懸命に頑張る

人生というのは、分岐点で何を選ぶかで人生が変わっていきます。

どう変わっていくかは、本人の努力と環境で違ってきます。

また選択した結果が良くても、それがいつまでも続くとは限りません。

今回のコロナで、状況が一変したことでもそれが分かります。また、この先、世の中は、いつ、どう変わって行くのかは分かりません。

コロナ騒ぎで、倒産、廃業する企業があり、働きたくても働けない人がいる。

人の動きが制限され、経済活動も悪化しています。

いつ収束に向かうのかも分からないまま、目に見えないウイルスによって、目に見える困難と、目に見えない恐怖が、人々を襲っています。

そこで大事なのは、備えです。

私は自分の会社を経営している時は、常に三年先、五年先、十年先を考えて、経営をしていました。

もし自分が、会社は安泰と思ってあぐらをかいていれば、おそらく、将来に向けての努力はしなかったでしょう。

その場合は、とんでもないことが起こっていたと思います。

思い立ったら吉日です。

自分の会社を防衛するためには、今、何をすべきか。

二年先、三年先のことを考えて手を打つことです。

まさしく、次の一手を打つのです。経営者は常に先のことを考えて行動しないと駄目かと思います。

前にも紹介した、利休の言葉「**降らずとも傘の用意**」が私は好きです。

今の世の中で生き残っていくための心構えとして、ピッタリだと思いませんか。

不平、不満を言っても、何も良いことは生み出せません。

逆境や困難は、人生では付き物です。

その時が人生の転機であり、経営においても同じことが言えます。

人は生きている間に、分岐点が何回もあるような気がします。

大事なことは、自分の選んだ道で一生懸命、頑張る。

それを、決しては忘れてはいけない。

母からよく言われていた言葉で「**稼ぐに追いつく貧乏なし**」があります。

その通りだと私は思っています。

ただ、今はコロナで働きたいけど働く場所がない人もいる。

それが突然、起ったわけですから、大変な状況になっている。

何が起こるか分からないというのが、世の中の現実だということです。

それを忘れずに備える。

特に会社経営では、それが重要になってきます。

人類は様々な危機を乗り越えてきました。

今回のコロナも、いつかは収束します。

何とかこの厳しい状況を乗り越えて、平和な世界になることを望みます。

これを乗り越えれば、素晴らしい人生が待っていると思います。

苦しくとも、耐えて、未来に希望をもって頑張る。

それが、人として幸せになる生き方ではないでしょうか。

今、私は自分の人生を反省し、同時に自分の人生に感謝して、穏やかな最後の人生を送っています。

私の人生、いろいろありましたが、「最後が良ければ全て良し」と思って生きております。

ありがとうございます。

おわりに

思いを文章にする難しさ

私が本を書く機会を持ったのは、今まで四十数年間、会社を経営し、走りっぱなしだったためです。

会社を後継者に承継し、会社の仕事でやることがなくなっていきました。

一生懸命に仕事をしてきた私は、やることがないと生きた気持ちがしません。

常に何かをして生きてきたので、それがクセになっているわけです。

なので、何かをしていたい。

そこで今の自宅を建てました。

内装も外装も、全部自分で考えました。

それが終わって、またやることがなくなってしまいました。

それで今度は、カラオケが自由に歌える、家を建てることにしたのです。

妻と一緒に、楽しむことができる場所です。

建築屋が頭をかかえる、ちょっと難しい建て方をしました。

敷地の全面を、厚さ十五㎝のコンクリートで固めた上に家を建てたのです。

普通の建築基準法からいけば、この基礎の部分を壊さなければなりません。

それを壊さないで、そこに基礎を作りました。

ところが建築屋は、青森の冬は寒いので凍み上がりを心配しました。

凍って、家が持ち上げられる可能性があるからです。

凍み上がりというのは、もの凄い力で、家でも簡単に持ち上げます。

ということで、建築屋は心配したわけです。

しかし、私が責任を持つから、私の言った通りやってくれと頼みました。

基礎の部分に、五分の太い鉄筋を全部刺して、コンクリートと密閉するボンドを下に大量に塗り、さらに、水が入らないように、単にコーキングするのではなく、コーキングをした上にアルミのL型鋼を置き、そのL型鋼のところで一回りして止める。

そうすればコーキングは取れないし、水も入らない。

あとは、私が責任を持つので、私の言うようにやってもらいたい。

結果は、戸も狂うことはなく冬も大丈夫でした。

水が入らなければ大丈夫なのです。

そして建物を自宅と繋げました。

この建物は、もの凄く強い頑丈な所に乗っているわけです。
自宅が倒れても、こちらは倒れないと思っています。
建築屋は普段やっていることが基準なので、冒険ができない。
「いいから、私が責任を持つから」と言って、やってもらったわけです。
やって良かったです。
これが、私のやり方です。
私はこのように、一つの物事に対してもの凄く神経を使い、仕事をするのが常です。
このカラオケの家が完成し、またやる仕事がなくなってしまいました。
何もしないと、自分が駄目になる。
そう考えて玄関の所に、雨が当たらないように屋根をかけました。
天井から煙が逃げるようになっています。
焼き肉をしても大丈夫。
妻と二人で、焼き肉をしたり、お茶を飲んだりしています。
夏場当たりは、非常にいいわけです。
しかし、待てよ、このままじゃ自分は駄目になる。
去年から、さまざまな本を読み始めました。
本を読むというのは、頭を使います。

本は、私にさまざまなことを教えてくれます。
体は動かさないけど、私にとって立派な仕事になりました。
そして、本を読むうちに私も自分の本を書いてみたい。
と思うようになりました。
そう思うと、どうしてもやりたくなる。
それも、私らしい一面です。
しかし、自分の思いを文章にするのは、そう簡単にはいかない。
頭にはそれなりの考えがあるのに、それを文章にするのは非常に難しい。
それに気づき始めたら、また寝られなくなってしまいました。
私は悩んでいるのに、妻は、また始まったと私を見ています。
もう頭の中は、もう何が何だか分からなくなる。
でも、頭では立派に出来上がっています。
それを実際の文書にする苦労。
手直しに手直しを重ねて生まれたのが、本書というわけです。

充実した時間に恵まれて

私の人生、まだ途中。

生かされては、生きたくない。

自分で生きる人生。


私は若い頃から、年老いてから楽《らく》をして暮らすつもりで頑張ってきました。

振り返ってみると、七十五歳まで現場と研究開発に時間を取られてきました。

お陰様で、東北電力や大手の会社との共同開発で、何個もの特許を取ることができました。

これもひとえに身体が健康だからこそできたのであって、身体が元気でないとできないことです。

日頃よりやってきた、自分の健康管理が良かったのかと思います。

私の心の中にある、生きるとは、
周りの方々に迷惑をかけないで、

普通に生きて生活ができるお年寄りのことを指しています。

このためには、普段の生活態度を改めていかないと駄目かと思います。

自分で、何でもできて生活をする。

これが、本当の老後の幸せではないでしょうか。

今まで十分働いてきたから、これから楽をするという考えは持たない方が良いと思います。

自分のためにならないと思います。

お年寄りの仕事を探して、それに向かって進んだ方が良いと思います。


そして、感謝を忘れない。

私は、会社創業に当たり、お世話になった方々がいます。

一人は亡くなっていますので、その他の人達に会いに行ってきました。

毎日、朝の運転で、頭と体が一体となる運転感覚を養っていますので、車で行きました。

二〇一九年十月三日に出発。

宮城、福島、新潟まで三日間で一二〇〇㎞運転しました。

また同年十月十八日には、新潟県の村上瀬波温泉まで行ってきました。

私が住む藤崎町から八〇〇㎞ありました。

そして十二月三十一日、山形県の酒田かんぽの宿に一泊し年越し。

元旦には、宮城県の秋保温泉に移動して一泊。

二日には、岩手の花巻に一泊。

これも八〇〇㎞走ってきました。

こうして運転できるのは、日頃実践している小体操と、毎日三〇〇〇歩を目途に歩いている散歩のお蔭と思っています。

また、毎日新聞を読んで、本を読み頭の老化も防《ふせ》いでいます。

私は、自分自身で、自由に一人で家族の世話なしで、何でもできる。

これがお年寄りの仕事であり、役割だと思っています。


私の人生、間違いか、正解か、それは分かりません。

いや、分からなくていい。

と言うより答えを出すのは、あまり意味がない感じがします。

もちろん、その時々の反省はあります。

人生で大事なのは――過去の出来事は消えることがないので――

それらを全て抱えながらも、過去に生きるのではなく、未来に向かって生きることだと思うからです。

私は、自分の人生で高い買い物をしたのは確かです。高い授業料を納めましたが、今は充実した時間に恵まれ、感謝して生きています。

まずは九十歳まで、元気を保っていくことに努めてまいりたいと思います。


それにしても私は、人生という私の畑にさまざまな種を蒔いてきました。その種が成長し、花を咲かせ実を結び、人様のお役に立つほど嬉しいことはありません。

ただ成長には差があり、中にはまだ蕾のものもあります。それがやがて誰かのところで奇麗に花咲き、実を結んでその人のお役に立ち、そしてその実が次の種となって花咲き実を結び、別の方々のお役に立つようになって欲しいと、心から願っております。


最後まで読んで頂き、ありがとうございました。

考えては書き、また考えては書き直す
心安らぐシアタールームで原稿を書きました

張山國男（はりやま　くにお）
昭和 33 年　蟹田町立小国中学校卒業
昭和 36 年　東北電気株式会社青森支社（現在の㈱ユアテック）
昭和 41 年　東北電気株式会社新潟支社勤務
昭和 43 年　東北電気株式会社青森支社勤務
昭和 52 年　張山電気工業 設立
昭和 59 年　張山電氣株式会社 組織変更
平成 13 年　弘前地区電気工事事業組合 理事長
平成 16 年　弘前市商工会議所常議員

生かされては 生きたくない
私の人生、まだ途中

令和 2 （2020）年 8 月 7 日 第 1 刷発行

著　者　張山 國男
発行者　斎藤 信二
発行所　株式会社　高木書房
〒 116 - 0013
東京都荒川区西日暮里 5 - 14 - 4 - 901
電　話　　0 3 - 5 6 1 5 - 2 0 6 2
ＦＡＸ　　0 3 - 5 6 1 5 - 2 0 6 4
メール　　syoboutakagi@dolphin.ocn.ne.jp
装　　幀　株式会社 インタープレイ
印刷・製本　株式会社ワコープラネット

　ISBN978-4-88471-817-6 C0095